诗话文成

慕白　主编

好诗人都正在往来文成的路上

長江出版傳媒｜长江文艺出版社

目录

隐居铜铃山

◎武强华

1

清晨进山，遇见含笑
含笑不语，内心喜悦

一株含笑，在春天里
只绿，不开花

万物又何须聒噪

2

山有三千种环绕和到达的方式
甚至更多。在盘山路上
眩晕所造成的离心力
像根绳子
把我死死地捆住

有人在车上默念一念三千
而我只能执守一念
想你。把那根绳子

当做救命的稻草，在大雾中
独自去登铜铃山

3

低头去看，岩门大峡谷始终是一个侧影
丢下一颗心，估计只有跌入谷底
才能发出叮叮当当的响声。想想
低处的雨水、泥沙、四季的阳光和晨昏的悲喜
也必将是我们不可回避的生活。又想
在山上可能也一样，只不过
山风吹过来
一个人可以像毛竹
也可以像杜鹃
一会儿绿得发烫
一会儿又红得冰凉

4

悬空的栈道，一低头
就是万丈深渊。但
在恐高症中一次次练习跳水
比在人群中全身而退
要容易得多

你从人群中归来
我就从深渊里复出
在这里，我们可以
生七个叫木头的小矮人

5

路总是会到分叉口
动物通道总是要指向
野猪、野兔、穿山甲和五步蛇

我想，狮子和老虎
肯定会走另一条道路，它们的孩子
饥饿时肯定也会发出娃娃鱼般的哭声

如果我们在哭声的地方相遇
肯定会有一个奋不顾身的母亲
首先发出野兽一样的嚎叫

6

清晨
饮朝露
饮花香
饮鸟鸣
饮深潭鳄鱼的眼泪

午后
饮天光
饮倒影
饮青苔
饮五步蛇吻过的蜜

夜晚大醉
梦里可寻刘伯温去吃酒

7

晨起，细雨微蒙
乐府在人间

有你
有鸟鸣
小雨也刚好
让两个身体
可以挤在一把伞下

8

阳光照在青苔上
神的手指
抚过肌肤

她在最低矮的人间
湿漉漉的，好像刚刚哭过
渺小的爱恋
紧贴着大地

“他洞悉一切，而她
什么也不拒绝”

9

倒影越来越深
整座山都进入了湖水之中
那一碰就碎的寂静，在正午
让整座山都隐隐发颤

水有多深呢？另一面
饥饿折射的光，引领着我们的胃
有过片刻的眩晕——

在水下潜伏多年
我们依然不能和鳄鱼
栖息在同一片阴影里

10

去百丈漈的人还没有回来
在藤蔓上荡秋千的人也还在雨中摇摆
飞云湖在山顶，除非
时光倒转，那些渴望飞翔的人
才能从源头上找到回来的路

如果哪儿也不去
我们可以一直在倒影里等
像两棵不知疲倦的树
一会儿爬上山顶，一会儿
倒立于深渊

11

雨后，我尝试过
用另一种空气擦洗过的语言说话
尽量避免打滑、潮湿和肉体的碰撞

在一棵树下弯腰，抬头看见
“小心碰头”。而另一棵
是“连香树”

遇见知己
打开心扉的方式有很多
但你，却是最后一个
渴望拥抱却沉默不语的人

12

大隐于市
我们安慰过自己
就像时常拧一点面包渣
给笼子里的鸟
我们有过短暂的默契
对一座山隐匿的思想
给予过最干净的幻想
小隐于山
哪怕只有一日
让我们相拥在人世的草丛里

文成诗歌笔记（组诗）

◎冯金彦

山　风

这些山风和我熟悉了
即便是擦肩而过　也不和我打一声招呼

藏在深山之内的小花
风也能找到它　一个劲地鼓掌
让花不开放　都不好意思

月　光

一片落叶掉在了地上
铜铃山的美也是　与月光一样
掉在地上　就捡不起来

树

那棵孤独的树
在山谷里站着　它挺立着
把自己作为夜的脊梁
山峰

做了几千年的邻居　也从不走动
只有飞来飞去的蝶　去别的山峰看看
只是看看　就回自己的家

石　头

在水中呆久了　这些石头走上岸
和岸上的兄弟们不一样
水留下的痕迹用什么也擦不掉了

在春天的夜晚　坐在瀑布下的一堆碎石中间
你不小心就会听到　石头想家的哭声

小　河

每一块石头都是一个“生”字
读着读着
小河就结巴了

妥　协

云朵替天空　低了低身子
石头帮大山　侧了侧身子
为了让自己看得远一些
露珠站在了草叶之上

瀑　布

这些瀑布声　常常让我无眠
我努力地辨认　不知道这些飞溅的水滴
哪一滴是我的亲人

刘基墓

走到这里时　一个人的生命就轻了
像羽毛一样
怕文成的风大了　把他的名字吹走
只好把他的名字刻在石头上面

刘　基

世间万物　骨子里都放不下仇恨
连最善良的小草　也在他坟头插上了旗帜
告诉世界　终于把刘基踩在了脚下

一地的花瓣

那落在地上的花瓣　风一吹就吹走了
山坡上孤独的梨树忙着把果实养大
在铜铃山　每一生命都努力成长
无论多么美好的东西　旧了就不再眷恋

蝉

草丛中的蝉儿　一声声叫着
让你觉得
铜铃山离自己的故乡并不远

我的文成之旅（组诗）

◎扎西才让

铜铃山下

停马歇息的人是个青年书生，又瘦又高，一身破旧长衫
他坐在一棵滇柏之下，心里没了功名，眼里只有浮云

以至于白马脖颈上的铜铃，也发出了世俗之外的清鸣
铜铃山下，赶考回来的书生，像极了回到母亲怀抱的孩子

在飞云湖畔

而我就是这个书生，在万历年间，走在返乡的路上
那时我容貌奇异，眼窝深陷，身旁跟随着爱唠叨的书童

在飞云湖畔，清洗笔砚之前，挥毫写就三字：云水曲
我写失意和乡愁。而今转世成藏人，也写出：拉萨谣

红枫古道抒怀

于秋景中侧身西望：那里江山辽阔。于斜阳下凭栏吟咏
却仍然感受到揪心的疼痛，铅做的欲望，深深地垂下来……

幸亏还有红的枫叶，在清冷的古道边一个劲地燃烧
幸亏还有这些热，唤醒了我这名落孙山者的残梦

在百丈漈瀑布下

藏地圣水，在这里化为瀑布。前尘往事，仍然历历在目
我身着单衫，在白练下沐浴。从天而降的，是神赐的甘露

洗却浊气，洗却戾气，洗却生命中的轻与重。在激流之下
肉身就是皮囊，已经不能完全禁锢梦想变为鸟雀的灵魂

安福寺问佛

赶考的途中，曾在这里许过愿。而今，也不是还愿来的
我依旧是过客，在这古刹净地，只想净化世俗之心

我仰头问佛：去就是来？进就是出？死就是生？
佛沉默不语，不答就是应答：若要顿悟，全靠自己

龙麒源自问

百鳞之长和百兽之长，都在这里吐纳风云？我本凡夫俗子
也想在此飞黄腾达？哦，不，不！它们其实都在藏身

等我明白真相，我的想大作为的时光，已经被风吹老了
等我酌酒三杯，才知道，它们早就熄灭了唯我天下的雄心

铜铃山纪（组诗）

◎郑皖豫

连香树像铜镜

小梳妆
在银钟花下
请允许我闭目吟唱
路遇穿山甲
它慌里慌张出门的模样
短尾猴像我家中大伯
但在我向往的阳光会所的树上

百丈而漈

——我颂这世间唯一

风轻轻从我那里掠走的
原来在这里，原来是
我的灵魂从不属于我
它汇集在千千万万
带着我的遐想、祷告
艰难摆脱肉体的重量产生的
束条
乘云之舟

来这乐园？圣谷？或者前线？
在黑暗的真谛的脸上
蒙永不熄灭欢乐的表象
在世间最属美好的
女人的屁股之间
女人的背一马平川
是我的家乡、你的家乡
一路地押解来到这
百丈漈
试探蓝天
麻木的刽子手的面具
白色的血
我们的魂灵
以及我们白色的毛发
是向下的藤蔓
是都市见不到的烟火
是南方见不到的雪
是与岩石拥抱至亲走下人间
瘫软的雷、闪、电
是一种欢迎仪式
是从军的
走向荒诞的使命
是我们人生从未完成的
高、深、宽
是珍珠的粉碎和纱的胃绞痛
是哭泣的寂灭的前奏
“漈者，趋下而不回也”

古道是古人在走

一个人上和一群人下没有区别
四千多的台阶并不要我
一生来走
历史华丽保留
为何是红不是别的
让我捡起一枚
昨日的咏叹，何其短
有无疼痛
何其美！这里和我那里
我自带的光圈不是
售票的舞台
没有人举手、鼓掌
但我们还是谢幕，每一天
并在第二天顺从
一个神的自然体睁开眼睛
没有人心中轻易有了
寺庙或凉亭
有的是不懈的尘脚
年份的锈红在
条石上歇憩的时光青苔上
徐徐如我
在历史上没有
足音这回事
最像僧人的俗家诗人
这里的文成，他可在这里
千百遍

攀足和两只脚像皮球而
身不由，下山
他可曾在这里生出一句诗
古人从那高处走下
我为何要上去
并远涉——
乘坐了古人无法想象的工具
因为我和这条路的尽头
无他路可走

飞云之湖

万年像指针
我们唯有以脚步应和
哪怕蝼蚁也要发出声音
仿佛一个伟大的统一的领袖
人生、狗生、蚁生、猴生
像这起伏连绵的山脉
想象的可能、固定的走向
以及云烟的笼罩
太阳的加冕
和月亮如审视命运般的冷静的
婴儿
诸云掠过
没有一个时代、哪一天
甘于停留
为泡沫的舟、花絮的鱼
逆向的白鹭
当我曾经坐在某一河流

眼前飞过白色的水鸟
使我回头
可是什么也没有
我既不能看见前生
又不能看见来世
唯有给我这现世的
像一碗粥
给我做白鹭的梦想、可能
给我空空的身体
和一只或可相牵的手
给我这飞云湖
这翠绿峡谷、世波浩渺
不见爱恨、战场、精神病院
湖水辗转反侧
每一分每一秒
我愿像此刻
正经历美好性体验那样
奋力驾驭双翼

文成行（组诗）

◎云冉冉

走进铜铃山

云冉冉是少不了的
靠近的时候，铜铃声隐隐
蜿蜒，高耸的葱茏
我们没有预约
和你对视的我，没有呼喊
没有人替我惊叫
而你是一滴水墨落在宣纸
将我的苍茫呼之欲出

当天空的蓝，和十一月的山色
被一团团云朵
绑架在十二壶穴的潭影
我确定没有谁能凑齐赎金为它们赎身
也许该缴纳一些溢美
而你心明目澈
一眼看出我能掏出的全部词语
是如此残破和多余

铜铃山的黄昏

秋，挥鞭抽打天空的黄昏
草木舞起水袖
而动物们盛装飞奔
没有谁愿意错过这场盛会
打翻油彩盒的罪魁祸首
跑得最急
群山黑着脸，刚想发作
倒是晚霞大度，衣袂飘然，笑意盈盈间
就稳住了局面
鸟归巢了，铜铃山隐入苍茫，把一大片辽阔和斑斓
留给眼睛
我正在想，选哪一件礼服出场
才配得上这样的规格
一行人嬉笑着走来
呀！该如何掩饰
我对这片暮色想入非非

安福寺

钟声还未敲响，那些蓝就聚拢来
俯瞰尘世，云的许愿有了辽阔的静
十一月，端庄的季节
踏进寺门，洗过心形石的水
盛衰都抵不过千年的梵音和药香
七百平方米的讲经堂，无一根柱子可以遮拦
无一点念想和不安可以余留

听佛主的话，学会忍耐和放下，一路的疲倦
和有过的跌跤，都会隐进一卷经书里

藏经阁多么高啊，阁前那棵古树无法羽化
却可以玉化，如清泉自流一样自然，超然
喝下这盏山茶，就是一场聆听和洗涤
我们是方丈桌上那只淡青的瓷杯吧
盈满，或者干涸
都是安身立命的安
阳光普照，门楣上慈悲高悬
我们在安福寺门前合影
门外那座红色的忘忧桥没有摄进来

百丈漈

一抬头，她已经立在面前
冲我咆哮。攀登在峭壁栈道上的我
有些不知所措
一定是我唐突的造访惊扰了
她没有认出我
我的耳朵瞬间抵达海底
听到海豚私语，巨型鲨卷起浪花

她真的没有认出我
那夜我穿过绿洲山冈，穿过雨水寒风
偎在她怀里战栗
她在黑夜的边缘消失
我说不出幽会的时间和情物
可我确实来过。无法明喻的真相太多
这成了悬念，成了我们之间的咫尺天涯

两百米高的果敢，无休止的奔波
被仰视的距离
一条瀑布的孤独终究是一滴水的孤独
春天远行，季节的航班不曾晚点
百丈漈，如何才能让你在这个秋天的余晖里
叫醒记忆，与我相认
你看，枯叶又在飘飞，落定的尘埃再次扬起

老鹰岩

不过是惊叫声夸张了些
拥抱的姿势猖狂了些
不过是宏大的背景前，让自己卑微的快乐
久了一些
你就张开警觉的羽翅，瞪着我
当我颤惊惊地
走出很远，还能听到你俯冲的啸鸣
其实，你大可不必
我凡俗的口袋很小，装不下
一滴水珠
一声轰鸣

八仙石

没有尘烟，山之间，水之上
是悟道的好地方
八仙得道而去，留下的皮囊
被水冲洗出一双眼睛，对视所有人

都会撞出一串惊叹
惊天动地的过往，必须躲在传说后面
静默才是你修行的果
经过你身旁，手指抚过你层层细纹
你会感受到一个成熟女性的体温
带着草的味道，从另一片山来
几十年，从未超凡，也不曾脱俗
和你远游的灵魂
相去甚远
她带着自己和别处的生活
和你一样不多言
和你一样爱着白天也爱着夜晚
只是，她的皮囊
满是尘土
俗世里，还没找到一溪好水洗涤

在文成（组诗）

◎东　篱

迎　春

——在阳光假日大酒店

被清风打脸，被不远处的千秋塔牵引
仿佛一位被朝霞镀身的僧人，宽大的黄袍
清扫着腐叶，为蝼蚁铺一条金光大道
并不高的寨山，因而有了新秩序
花有花道，草有草道，鸟有鸟道
条条大道通向我
但我必须先涉过清唱的泗溪河
他有罪，搅扰了我昨夜的好梦
我也有罪，无法阻止他人的愤怒或狂喜
薄雾轻笼，辛夷乍开
比我更早的早行客，每人都手持一盏
淡紫色的灯光

在百丈漈

每次看见瀑布
我都会嫉妒李白那厮
不具他的旷古才情

却患他同样的抑郁
当丛林，岩石，潭水
簇拥我
涉百丈宽的三漈
履百丈深的二漈
攀百丈高的一漈
我一路仰视
毅然屏蔽那些
喷薄欲出的形容词
油然而叹
眼前有景道不得
李白题诗在匡庐

深　爱

——在铜铃山峡，有致

我们深入腹地，却依然不懂一个人的心
谁在云端披着蓑衣，却依然歌唱自由
谁在峡谷捆了手脚，却依然拱着前行
卑贱的野花啊，把心都碎成了一路一地
一河床

如果没有悬崖，我们能不能再怒放一回
像山矾花开出白雪香
像大叶冬青苦丁茶，用苦滋养庞大的身躯
我们能不能再爱一次
仿佛幽蓝深爱潭水
潭水深爱大地的每一道伤口
在安福寺听达照法师讲经

端坐法台，风淡云轻
头往前倾，仿若身后的智者大师
风不动
山不动
寺不动
他不动

他不动
远处浩渺的飞云湖不动
湖上数青峰不动
眼前高大的玉兰树不动

无非是
春风一拂
便高擎一颗前世的白头

访刘基故里，兼致慕白

庙堂终究过高
每一阵阴风
都可能吹瘦一个体质完好的人

帝王师何如卖柑橘的老头
一水三山七分田
青堂瓦舍晒阳光
朝花暮雪浊酒杯
闲来无事骂皇上——
“这个金玉其外的朝廷
这个败絮其中的人”

庙堂忽喇喇
也砸不尽世上妖孽
替家天下谋国
真抵不上在包山底
为人间写好诗

致虚度先生

在百丈漈，在铜铃山
他不爱大好山河
不爱翠翠红红处处莺莺燕燕
春光放荡
他只爱一路的
小花，小草，小昆虫
仿佛一位老父亲
为他们命名，拍照
偶尔轻抚那些嫩滑的小肌肤
他有无限事
却只记下她们
野孩子般的羞涩与美

南田山怀古（外四首）

◎赵目珍

只要青峰还在，白水长流
家酿觞边的雨鸠，仍旧在
致敬当年耕读的睿智
南田的青史，就不可能抵消
山川背后所潜藏的那些隐喻

然而这其中的事实是，颤栗
已经谢幕。但泉谷仍然不失其
隐逸的景象。满目的青山遍野
来此迁居的唐宋元明
全部都化作了坳岸垟垄

在并未被悬置的高旷绝尘
历史其实一点也不荒谬
洞天福地也好
避难之所也罢
兴亡之苦，都是覆水难收

当然，面对着“气象万千”
我们也不能不谈论一下
支夏山中那座坟茔的高度
诚意伯不被条石蒙蔽

而是醉心于青草的稳定性

这是一场对雨水抒情的敞开
迷信碑刻的危险被巧妙规避
九龙抢珠已是古老的比附
倒是墨砚、笔架之山
让我们不能忽视象形的文字

虚度铜铃山

细细想来，也不过就是
一场非常低调的秋事而已
然而却很快成为了
我飞扬跋扈的证词
我百思不得其解
我渴望隐居于铜铃山中
即使身影游荡
也不须另一种镜像照临

更何况斗潭曾经有苦涩的战斗
我厌倦一个人行走
但却无法理解斗法者的妻子
成为乌合之众的一员
不妨再踏上巨岩，坐稳钓台
并非出于什么目的
只想借助“鱼凫”
来洞察内心那些奢侈的静寂

虚度，也许琐碎得不名一文

然而，人心清澈见底
若无其事，与月白风清
终究不是一个境界上的打量
当世故被消解得面目全非
我仿佛看见灵崖之上
一阵长风浩荡，不知那是
何人在拼命地摒弃一切身份

百丈漈遥冥

飞流的静寂，也许只有对它
产生偏见的时候
才能够与世人一道谈论
更多的时候，它以雷声
掩盖了闪电清醒的想象力

暮色中。如果你依然不能
颠倒那些虚伪的梦想
我相信这将是一场灵魂的厄运
因为将信将疑
乃是我们围绕着绝壁千仞
所展开的最大的忌讳

我不能一直保持悬念
就如同不能克服寂静无声的恐惧
然而有时候也正襟危坐
千仞对于很多人而言
必然是“高处不胜寒”的隐忧
相反，我享受这份孤独

当然，沉湎于其中也未必是
一件特别阴暗的坏事情
就比如，从“九天”不尽中
我们很容易发现藏匿的星辰
它们越稀少，空旷就越圆满
这是一种偏安的福祉。它
化折磨为喜剧，变忍受为法则

问津飞云湖

烟云如果狂狷，那该是
怎样一种胜境？
我的审美，大权旁落
而此刻，飞鸟正盘算着
——飞度眼下的迷津

独享一湖烟波浩渺
其实我并不怎么理解它
倒是青山知趣
兀自屏立于四周
让我深感无助与愕然

不过，置认此一种羁旅
我们从此将不再乐极生悲
七星岛虽然与落日同在
然而亦仿佛与闹市为邻
白鹭与我，处处可以安身

驮湖梦境

叶红似火。美景浮浮沉沉
就如同孤与独，无法轩轾
此时，如果还不能忘怀
旧日的面孔，那一定是
暴露了自己在尘世的身份

造一个梦境，让我们
蔑视一下这可疑的生活
壶穴虽然带来了幽暗的听闻
其实不安的内心当中
——依然灯火通明

化身一株玉树，你可否将
那些曾经的不默契
在一时之间驱逐干净
再做来世的夫妻？这也许是
连草木都会怀疑的情事

倒是潭水凝碧，解决了
暮晚中那些悄悄隐没的翻转
我无法向你宣称，畲风是不是
隐秘的。我只能说，她在
每个人心中种下了一片桃源

你要到文成去（外一首）

◎王秀云

你一定要到文成，要到慕白写诗的地方
红豆杉和香果树驻守的四季
常年的雨水，绿叶忘记凋零
我们的远方，云豹的此处

你一定要到文成去
你要跟着词语在铜铃山行走
写下溪涧的节拍和云彩的温度
你要数数水底的石头，朽去的岁月
一年又一年，荡漾在眼前
每一年，都能找到久远的往事

你要到文成去，离开坚硬的城市
接受翡翠湖柔软的目光，你要喝一口真正的水
让月亮和星空进入肺腑
你要离开坚硬的城市，到文成去
在红枫古道上，找找
先人留下的诗句，那些破空而来的飞鸟
从没有离去

你要到文成去，去看看慕白
一个诗人，他写诗，种茶

也做很多其他的事情
在那个温润的地方
这一切，都有意义

从北京到文成和从文成到北京不是一样的距离

从北京到文成，1699.8公里，乘飞机要两个小时四十分钟
自驾游要一天一夜，至于从前步行，我已经无法丈量

我去文成是为了写诗，见识那些已经成名的诗人
我看见他们喝酒，在红枫古道上擦汗
和我们这些俗人一样，吃完了野猪肉会打嗝
我不知道他们写诗的时候，会是什么状态

那两天一直下雨，我没有看见不下雨的文成
我见过的文成人都写小说诗歌散文
只见过一位漂亮的小导游，以为我们是大作家
把我们的签字当做珍宝
她其实不知道，在北京，我们什么也不是
她只会唱《外婆的澎湖湾》，而且一再强调，其余的歌
我们唱到高潮的时候，她能想起来
她不知道高潮还有别的意思
北京去的这些人，不管未婚结婚和离婚，都懂

在文成我看见了很多别的地方没有的东西
树、鸟、溪流深处的石头，真比别的地方干净
像不知道什么是高潮的女孩，牙齿和眼神都是白的
你不敢说出不洁的词汇，像不敢把剩菜，端进
处女的殿堂

我来北京之前在河北，那时候我觉得北京很远，远到天边
那时候没人在我面前说高潮两个字，那时候我写诗
向往比文成还远的地方
北京诗人们到河北，我在最高级的宾馆宴请他们
我觉得他们都住在皇宫里
诗歌是王冠上的北斗，在他们头顶熠熠生辉
我放弃了一切，来到了北京
住在很小的房子里，发现土地上生长的植物，和河北
一模一样
我仍然留在了北京，不来北京，我到不了文成和其他的地方
尽管从河北出发到文成还要近200公里

12月2日我乘飞机从文成回到了北京，时间还是一样，两小时四十分钟
这几天我一直在想文成，想雾里的大山和林中的动物
想座谈会上那些和我当年一样坐在角落里的几位作者
想那瓶鲜艳的草莓酒和我不敢吃的蜂蛹
那些我没有见过的文成人，据说大多是畲族人
他们山脚下孤零零的房子
飞云江依然碧绿的流水
想我们称为红薯他们称为番薯的那种甜

我那天下午六点到了北京，距离依然是1699.8公里
事情已经过去几天了，可我依然觉得
从北京到文成和从文成到北京
不是一样的距离
像我当年觉得从河北到北京和从北京到河北一样

刘基述（外二首）

◎寒　寒

她们已在后祠
点燃灶香。山阴之静
如同华表追远
这一片南田福地
正期待最高意义的虚构

如果，卖柑者正是你
所能忍受的讽喻，那机智的反诘
和跌宕的排比中，一定暗藏着
1360年之后的灾祸异象，以及
无以名状的隐遁之苦

而我，一个错过了前世的人
此刻尚停留于帝师和王佐的
双重威严里。瞧，你从遗传中获得的一切：
先知先觉、七行俱下
你的《郁离子》，甚至
你的十八策。多么，经世致用

又多么，诚意盎然。于是便诞生了
那些所谓运筹帷幄中的良知、情致
谋略和国事……且慢！在那伟大的

“三不朽”垂世之前，请恕我
先把南田镇武阳村这满坡静默的草木
叩拜成一座葱茏的家园

铜铃山怀幽

此刻，我愿意是那位
形神松散的素人，怀揣一枚蝉蜕
奔向更为隐匿的山径深处
未曾相遇的人们
尚在尘土中辗转，未被驯服的
野猪、蟒蛇、黄蜂甚至蜥蜴、壁虎
蟋蟀和蚱蜢等等，随之
都将无端端交出悲欣交集……

该是多么无辜的一种处境
可这根本不会妨碍林中鹅掌楸
青榨槭和豹皮樟的修辞。我只是好奇于
这一大片原始阔叶林中
因果般宿命的庄严。细雨中
原木栈道忽上忽下，秋虫叽鸣时隐时现
当我对盛大密林学问的痴迷
开始化为一种身体的政治
忽而听闻
身怀绝技的斯人正策马扬鞭而来

在百丈漈突遇大雨

作为一个短暂者
我很难描述这个阶梯形的瀑布群：
“高旷绝尘，珠帘泻玉”
似乎不是。“瀑流飞溅
声若狂雷”似乎也不是

一路激流和突奔。身处这巨涧深壑
在雨中出神的时候，我会看见
绿皮火车上那个郁郁寡欢的旅人
曲终人散后夜行踽踽的乐者，以及
寂静山寺中默默诵经的僧侣……
我甚至看见，他们在美好之物逝去后
留下的空寥和回旋

每一处皆为汹涌。百丈漈
就是这样一个简单且又不失
精确的命名。同行者
已循着瀑声缓缓援柱而下
而我对雨中更多神秘事物的
眷恋，只不过抵达了
如此磅礴气象的一半

沿着飞云江

◎正　七

我喜欢把车窗的玻璃摇下
就这样一路向上
看远处的村庄，和水波的光
一点点地靠近，然后
又全部扔出窗外
我喜欢就这样逆流而上
在晨光熹微，大地刚苏醒的六点零五
路过那些短暂停留的声响
比如岇口中心校，比如
江对岸的，樱花岛
我想就这样把回忆都浪费
让清晨的雾霭肆意地笼罩
就这样沿着，这条
叫母亲河的江
在开始变得有些拥挤的五六省道
什么也不用，什么
也不需要
好像从未爱过
又仿佛从未走远，就像她曾经过的
我所有的年华时光
明天我依然会沿着她
去接受生命所有的决绝和告别

路过那些未曾谋面的相见
直到满目的红枫，落叶
在深秋的十一月
到渡头的枫树脚下
打开门，将自己
安放
回家

铜铃山：那辽阔的幸福

◎雨倾城

飞云湖：我要到你的怀里去

有星星落在水上。

有白云飞在岸边。

奔跑，接近，不问来去。

美，此起彼伏。

向我流动，打开所有秘密。一面湖水，占尽永恒、纯粹、丰富、简单。

偶尔，有人经过，有鸟落下，有一大群安静远道而来。如果伤心，就把这里当作故乡，轻轻哀鸣；如果失意，就把这里看成归途，停下理想；如果，如果我还深深地爱着，就在微风里，不断张望。

并献出我，内心自由的王国。随你

怎么看我。

我梦见过你。为你，烟波浩渺。

答应我。

当我陪你的时候，飞云湖，你要记住我，安静的幸福的疯狂的喜悦的样子。

泪水滚烫的样子。

飞云湖。我要到你的怀里去。

让我抚摸你的脸，并被世界看见。

让我们一起。茂盛。枯萎。生长。死亡。圆满。——和风，和雨，和泥土，和无垠的草色，和大无常小悲欢、好天气坏天气。

和遥远的沉默的山峦，添了厚雪。

红枫古道：命运的火焰，像是祈祷

树上的秋天，落满一地。安静落满一地。

我，落满一地。

无尽的天空下，我寂静地走。

不能停下来。

一个姓氏，脱胎换骨。

许多事，无法回头。我不相信那些鲜艳的红。

那些古道上新鲜的脚印，晨曦，和傍晚。

我们互不相识。

我们情绪复杂。

我们转身陌路。

那么多。那么多红的叶，红的火，红的誓言，红的热烈，红的浪漫，红的深情，红的寂寥与沧桑，带着持久的热爱与信仰，飘落空旷。

它们在古道之上、山崖之巅，沉默、自在、燃烧。若垂天之云。

它们骄傲地红。

红给谁看?

更远一些地方，晨雾坐在枝头成为回音。

命运的火焰，像是祈祷。生命里最缤纷的颜色，有过大爱恨?

月老山：除了爱，我们什么也不做

你快一点。

跟我去月老山、爱情海、水杉林、爱情长廊、爱之屋、双乳峰。

最好，乘爱之翼、心心相印船。

来。

让我亲亲你，抱抱你。

至于松声涛声，远近高低的树，开的红的白的粉的花，就让它去。

借山而居。无论我躺在哪里，草色袭人，山林浮动暗香。

月亮在草丛里，十而百，百而千。

那辽阔的幸福啊。

月老山，给我思念、喜欢和爱。我在风中歌唱，仿佛少年。

是这样吗，爱你就像爱生命？心跳，慌乱，盛开，脸颊绯红，心满意足，全都，因你而起。

还有什么，值得如此痴迷？从头到脚，一寸一寸亲你，心跳也在其中。这短暂漫长的一生，除了爱，我们什么也不做。

不想说话的时候，就让我们，慢慢闭上眼睛。或者，站在一棵树下，说说话。

你知，山几重？云几朵？树几棵？月缺月圆几回？

再说一遍。心上人，我说你，再抱抱我。

我的心海，早已为你澎湃经年。

文成行（组诗）

◎林新荣

在铜铃峡遭遇一脉山泉

她细细碎碎地
我甚至
摸不到她的脉息
更不知
她来自哪里，要去哪里
水面上
一张飘动的树叶
告诉我
她肯定不来自林间的
枝丫上
她绵长，干净
——被月光罩住
也舍不得把秘密说出
响声——
来自落差，为之呼应的
是寂静
像一面巨大的鼓

这时
如果把头俯到泉水里

一股清凉
甚至能把你的肺腑浸透
这时
如果能潜到她的缝隙
阳光的光影一闪一闪
一定能窥见时间的骨头
——“那像太阳一样的东西”

红枫古道

引起枫树歌唱的
肯定是秋霜
只是它的吟咏
仅仅是舞动的红叶

阳光在上面舞蹈
鸟儿在上面筑巢
高跟鞋款款
踩过落叶
那是以后的事
在风中飘扬的
是一地的心事
石屋前磨盘上的苔藓
和山泉
有一搭没一搭地
联络着
这些历经岁月的物什
与白白的秋云
悠悠地对视着

百丈漈

207米高的水柱
207米长的情怀
奔你而来
她不在乎你的承受力
这承受力是你的情感
你的修为
哗哗、哗哗、哗哗
她的情里有流岚、暮霭
野花、树叶
她揉着自己
从上而下
通身散发着喜悦
在鸟鸣里，喔喔喔叫着

溪水像一条鱼

静静地坐在岩石上
看水波在岩面上起伏
她附带的心事
除了一部分被水波说出
一部分悄悄沿着岩壁跌跌撞撞
被低掠的山蜻蜓衔走
剩下的也许是凝重的
涧边的青冈栎至少百年了
却读不懂……不懂又如何
我手里的毛巾
突然像一条红鲤鱼
冲了下去

文成三叠

◎张　琳

1

群星降临铜铃山，犹如花朵降临内心的春天
我如归人
行走于古老的森林栈道，在众星之中
辨认出叫文成的那一颗
每一刻，都如同永恒枝叶上悬垂的露珠
一个人就像一滴泪
发誓要说出沧桑的来历
有美在生出翅膀吗？每一棵草木都是永恒的答案
有爱在心头涅槃吗
每一次心跳都是一个人死而复生的脚步。
寻遍阡陌，已找不到那间栖身的陋室了
——1311年，刘基生于南田的一次花落
——1375年，刘基死于南田的一次花开
一生，仿佛一棵草结出了懂得飞翔的草籽
无须说，星光走了几万里
只为隐居人间的山水间，有八山有一水
茅屋早已加冕为天堂
无须说，一介女子心怀忐忑
只为看见一个人的过去与现在

都写成了一首诗
赶紧向着无言的群山深深致敬吧——
我来了，我没有看见一个人的生与死
但我看到了
生死之间的那些奥秘，像月亮活在了圆缺之间

2

云朵在飞云湖里游泳
我在岸上，学秀竹，节节向空而生
两岸青山学我，将妩媚再一次还给浩淼烟波
白鹭也来了，误将水面当成了天空
我懂，它们也在学我把异乡当成了故乡
为什么，一滴水流着
流着，就成了一条江
画中，走出来一位畲族老人
她的每一步都牵动着身后的光线。
我不是她，但她是路过我的一片风景
就像飞云江路过了罗阳江、安阳江、安固江、瑞安江
这些美好的名字。这里
谢灵运来过了，孟浩然来过了，陆游也来过了
无数的云朵带着轻盈与洁白
来过了。我终将带着美
回到山西，我终将和那位老人一样
回到生活的流水中，模仿一朵浪花
只轻轻一跃，就高出了人群
只轻轻回首，就带来了飞流直下的瀑布

3

百丈之内，可以观心
仿佛人间缺少一面镜子，流水就直起了腰身
毫无疑问，万物都活在俯仰之间
毫无疑问
我也是那瀑布里的一粒水珠，奋不顾身地
落向了人间，一种美
终于分娩出无数种美……头漈、二漈、三漈
所有的美，都可以做我的故乡
一个爱山的人依山而居
一个爱水的人，傍水而活
可不可以，让我活在这些山水之中
与高为邻，与雄为友，与奇为……同行者
请允许我在感恩节
写下自己的祈祷词：一个爱诗之人
梦见了百丈漈，她愿意做瀑布的女儿
她愿意从文字的山顶俯身向下
——她有着一个人的高
一个人的深，一个人的宽
她只是想做一面微乎其微的镜子
映照出世上的真善美
映照出一首诗
永远没有写出来的圆满与破碎……

文成往事（组诗）

◎北　鱼

铜铃结

这样的夜晚，适合交换
月色静止，偶有山风
摇晃耳根，和云鬓下的铃铛

千万不要讲故事
因为这样的夜晚，容易相信
而他两手空空，只有抓住一丝微凉

飞云寄

他找到了世上最好的邮差
在一个湖泊的反光里
但他还没有找好那两三句

放进一封信的背光处
不会激起波澜
也不会被风吹散

安福寺

这里曾发生数次火灾
有几次战乱，有几次
信徒掉落了手中的烛火
建。重建……

碑文翻新，菩萨金身依旧
入定前，他的记忆
有过几次缓慢的折叠

古道忆

这里曾发生一次火灾
可能是一次自燃。就像
一个人，忽然想起以前的事

路，只烧了一半

像中途掐灭了烟。那年
红枫更红。那人的失忆症
深深，剪去了另一半

铜铃山之美

◎卞雪凝

那天地灵气回荡在铜铃山安逸的空气里
草木安谧，月堆日垒的绿水环绕
荡漾着慈悲流淌的交谈

千万次的预演，该以怎样的虔诚
面对治病救人的那段曲折的痛苦，山清水秀
反反复复的等待，从深夜到黎明
悯人之心从没走远。善待万物
始终点化着自我
一步之内有大爱，捧出阳光月色
在佛香葱郁的舞蹈中卸下内心
那一副厚厚的盔甲，忘掉自我
肉身还原成红红火火的舞姿

我相信跪下或是祈福
都是走投无路，期望峰回路转

怀揣忘我，选择救赎亦是反思
哪怕窗外积雪飞雨，幸福之舟
来去的方向离慈悲不远，与仁爱为邻
那是人间升起的祥和美好。幸福大地
在农家乐的澄净中绵绵不绝

让我们置身其中吧！在干干净净的飞瀑碧潭之间
舞起青春最美的身段，忘了过往的苦涩
忘了一路上，为抵达美好而遭遇的雨重风浓
在芸芸众生的繁华匆忙中，静心俯瞰万物
千年慈悲自然而生。不染物性，不为物累

文成：古典山水（组诗）

◎蔡明菊

红枫古道：一封写满相思的锦书

一条古道在时光深处蜿蜒
平平仄仄地蜿蜒到山顶，蜿蜒到白云深处
秋风一路追赶
一路撒落竹影花香，鸟鸣溪唱
撒落古典的墨迹，葱郁的诗意
云中谁寄锦书来
一封一封挂满古枫树梢
在阳光的掌心翻飞若蝶
相思的火焰漫山遍野燃烧
将一溪碧水染红

读一叶芬芳的信笺
浓烈的乡恋漫上五脏六腑
这一棵树下可曾埋着少时寄不出的心事
那一棵树上可还留着刻骨铭心的名字
翩翩的少年翩翩地从记忆里走来

古道横卧如笛
缓缓地吹着一首清婉的山歌
我们青涩的脸上流淌着青涩的笑

枫树的叶子尚未熟透
故乡收藏了琴弦上悸动的锦瑟年华

红枫溢出了暖香
我步入中年的驿站，心海早已波澜不惊
置身一幅古典的画卷中央
我不伤旧，不悲秋，只在文成打开的锦书里荡气回肠

飞云湖：一首清澈到底的诗

头顶一面秋天的放大镜
我走向飞云湖
走向白云在人间的居所
万物在这里与影子合二为一
寻回前世的廊桥遗梦

湖水轻盈柔软
泛起梦的波光
被秋风提着写一首清澈到底的诗
鹅卵石沉在韵脚处
压住一湖荡漾的涛声
水花穿着青花旗袍
像江南少女巧笑倩兮

一只白鹭飞起又落下
始终离不开旖旎的湖光山色
十里画廊藏着千吨银质的光芒
藏着古村宁静祥和的密码
一声声婉转的啼叫

在丝绸般的岁月里滴落回响

阳光透明如羽
草木尚未凋零，仍在坡上抒情
我坐在湖边垂钓
垂钓蓝天，白云，竹韵，舟影
江山在这一刻静谧入定
笼上一层淡远的禅意

铜铃山：一篇镶满霞光的赋

霞光从峰顶倾泻
一座山成了一篇立体的赋
那么多的树在遣词造句
那么多的花在润色修辞
那么多的溪在起承转合
那么多的鸟在高声朗诵
我一见倾心一听倾情地陶醉了

一座山在宏大地叙事
石头撑起风骨
瀑布擂动鼓声
松涛汹涌一阵比一阵激烈的波浪
云岚绕来绕去
写意一帧壮阔的水墨丹青
一座山在细致地抒情
兰花在谷底颔首浅笑
鱼群在溪涧摇头晃脑
翠竹伸出手掌

接住百灵鸟的歌唱
一位畲族少女身着鲜艳的衣裳
将霞光全部揽入怀中

我进入一座山，进入一篇赋
进入意境中的意境，梦中的前世今生
空气清新如洗不含一丝烟尘
云霞渲染了山色，渲染了我的心境
远离红尘的喧嚣和纷扰
我变得和一竿翠竹，一朵蓓蕾一样
脱掉厚重的盔甲
身轻如燕，飘然欲仙
在天然的氧吧里久久，久久地徜徉……

铜铃山公园（外一首）

◎冰　岛

阳光，扑面而来，我的爱被卷入一条绿色的水，一条蓝色的水
听到黄腹角雉、戴胜鸟以及各种叫不上名字的鸟类歌唱
心底里就生出翅膀跃上一棵松树为它们伴奏
一颗松果落下，轻轻地叫醒一条小溪给它留下一个未来
恍惚中女诗人广袖轻舒
接住了小溪，那是雀鸟舌尖上一支美丽乡愁的歌

森林公园当然以树木为主人
我想铜铃山的每棵树上都挂着无数的铜铃，告诉你铜铃山所有的秘密
都不是秘密，都是一声声乡音
一坛老酒六百年乡愁打开远方给一个曾经缺席的历史课代表补课

百丈漈

百丈漈其实就是百丈飞瀑的旁边，你站在百丈漈旁边
能与一条条勇敢的水前赴后继纵身跳下悬崖
无比壮烈跳下的场景在我看来，那是多么优雅的一个生命在飞翔
白花花赤条条轰轰响，我注意到石、树、草、光
哪怕是一片落叶都在尝试曝光
都在做水的祭祀，这庄严的祭奠仪式可谓壮观。百丈漈
其实就是瀑布漈

这样的一个群体不断地从悬崖上跳下来，经年累月地
去叩开乡音之门，就为了几个词
公平、公正、公开、公道。不带着一丝一毫的恩怨
只是怀着一种感恩参与，敲响铜铃山的这个万古流芳的一个文成铜铃

灵魂盛开的事物太多

◎朝　颜

必须慢下来，才能与一棵树的灵魂相遇
你可以与他低声对白，也可以
将心事留给头顶的云、对岸的山
或者身边的岩石和一小片青草地
在铜铃山，灵魂盛开的事物实在太多

一只鸟的啼唱似乎永不知疲倦，一条鱼
从什么时候开始吐露秘密
当秋风翻越这座山冈的时候
你放下了逝去的爱情，还有胸口上
堵了多年的一块石头

必须慢下来，才能看见阔叶林身体里的
辽阔，以及一只金龟子用尽全力发出的光
世间的跌宕不计其数，只有飞瀑修成了
一潭碧水的幽深

此刻，你将掸落内心的灰尘
轻轻地离开铜铃山。你将
手执方向，带走树木的清香
就在转身的一刹那，你望见前方有无数个
路转峰回

红枫古道（外一首）

◎高银交

无尽的枫林在呐喊，在燃烧
远山敌不过如潮的热情
我听到了远去的召唤
骑着快马而来

闯入的是八面埋伏
红，浸染整个秋天的底色
我在古道上策马飞驰
却不愿突围

我与大地干了一杯喜酒
红润的脸颊醉得天真
枫林映红了山后的晚霞
晚霞妩媚了谁的秋波

最后一缕残阳看透心事
在我身后纠缠了长长的惆怅
这是梦中的红地毯啊
可惜此时却唯有独行

迷路铜铃峡

并非只有在梦里
山，才会这么俏
水，才会这么美

大地张开怀抱
再痛
也不忍心合上手掌

氤氲的湖上薄雾盛开
层层叠叠的白莲
是哪个仙女在诉说心事

断断续续的葛藤
攀附着山壁，山壁
却对峡谷扬起鞭子

满山的回声震落秋叶
秋叶掩盖了来时路
虽已迷途，风景正好

走进文成晋谒刘基庙

◎陈　灿

走过秦砖
越过汉瓦
穿过一道明清徽派老墙
披着现代风雨与情怀
我们走进民间来到文成
我们不寻花也不问柳
我们寻访一代帝师名臣踪迹
走进他的故里庙堂心存敬仰
但我们不用跪拜因为亲近他
就是亲近草木与自然

来到泥土石头和木头中间
一股浓郁的乡情扑鼻而来
如同游子归来听到乡音
亲切友好温柔随和
这些朴素敦厚的器物
都是他内心珍视的友伴熟悉的乡亲
他们从原始的状态走出来
又坚守本真
抵达自己可以抵达的位置
用独特的语境同我们交流

面对一张椅子一只茶壶
或者一截石墩
仿佛见到来自乡村的父母兄弟
他们不善言词又心怀大爱
一辈子手握农具耐心伺候着
玉米土豆水稻和高粱
他们出生仿佛就是为了吃苦
一生被别人把握却心满意足

只是作为椅子离开了屁股
他们总是感觉不够踏实
只是作为石磙失去滚动
他们总是有些不自在
而作为一只出生于泥巴的茶壶
没有手的抚摸把玩与唇齿相亲
总是觉得少了许多人间的温暖

屏幕中的安福寺

◎辰　水

需要多少雕梁画栋，才能安放一座寺庙
需要多少泥土和巨石，才能造就一座青山

我带着疑问，企图穿越因特网去访问
一座众人编辑的安福寺
鼠标和键盘，哪一个与一支炉香
更接近佛祖的神谕

在异地文成，八百米以上的高空
钟声再响
也无法灌注进异乡草木的耳朵
我能隔屏听见这余音吗？
耳麦里响起“刺啦、刺啦”之声

如果匆匆关闭电源
像伸手抓住一粒肆意游走的尘埃
刻意地逃跑，还是安置下
一颗归隐的心

几乎是不可能的。在光怪陆离的网页里
隔着一个个省，一个个国家
朝圣

战火又有什么？硝烟也无法
钻出屏幕
佛祖却可以分身居住在不同的庙宇里
引领众人上升

我反复打开这座安福寺的页面
像一遍遍推开寺庙的大门
我进入了吗
网页上朝拜，只需轻轻点一下视窗
便可以关死

可安福寺还在那里
还在青山叠嶂之中，也在光速的线缆里

铜铃山印象

◎陈波来

1

水与石头的角力，明里暗里的撕扯、击打，甚至啃噬……
是铜铃山最为奇崛而动人的风景

2

在这里，你得重新认识水与石头
水不仅有清冽的前世，还有一跳为千百碎身的今生
一跳，百丈不惧，只为浩荡前路
而石头，被水的激流销磨，即使委以哑默之身，即使由尖到方、由料峭变为圆钝，甚至千疮百孔……石头仍然砥柱中流，还在挽留逝水
被销磨的又被抚慰，挽留的又在接引

3

壶穴作为石头的另一种塑形，消解了来自水的又一次猛烈撞击
越来越显宽怀的壶穴里，水渐有回荡，开始返呈水的沉静与深碧之美
在天长地久的角力中，水与石头又相互紧紧抱着：谁也离不开谁。生死契阔，同样的天长地久

4

谁说水与石头只有角力

谁说石头只是被一点点丢弃，在与水的厮磨中，只有销形蚀骨的悲凉……

谁说水只是由高向低一去不回，而没有留下……

5

满山遍野的阔叶林压向涧底

满山满野的阔叶林遮挡不住：水与石头的这一幕

游逛铜铃山的人群中，有心人在壶穴的碧潭里，一定看出了人影憧憧——

你的，他的，我们的

夜读《刘基集》

◎方文竹

风吹书页　哗啦啦响声一片
这位文韬武略的文成人　一位古怪的老头
撬开元末明初的防盗门走了出来
走进窗外的月光　或许
正与外面的陌生老乡交谈
与幕僚们一起访贫问苦
我派出了另一个我　赶忙紧跟着他
在万里河山间漫步　掇拾
勘误表　备忘录　历史变成了历史的尸体
乡愁像一粒种子认领丰腴的土地
那些文字　那些干涸的手复活
拔出了时间的钉子
而他早已将钉子钉了下去　就像一头抒情的灯笼虎
扎进千年的黑暗

文成三章

◎胡正刚

文成夜色

急雨骤停，飞云江把山中暮色
运抵县城。江水的流淌
因负重而迟缓。幽暗的光
一再向下，紧贴河床上的砂砾

提前到来的夜色是一张请柬
两岸明灭不定的灯火
像一群隔河饮酒的旧人
手中起起落落的杯盏

在安福寺

风霜扑面，满脸尘埃
走得越远，越能轻易看清
骨血里深藏的动荡
和不安。看清自己
无处安放的歧途。山一程
水一程，无尽的旅途里

我在胸口提前开凿了
思过崖。用预设的立场，洗心
革面。却始终无法抵御
山河涌向眼底时的致命一击
那一年，山中赶路，借宿
绿荫满院的寺庙。山中无日月
我把檐前滴水错听成木鱼声
一夜无眠。安福寺前
同行的人，用山门旁的流水
净手，洗面。我喝了几口
流水无形，不能穿心而过
但我仍奢望它纤尘不染的凉意
能洗去了心上的积垢

铜铃山中

草木的呼吸带着回声
流水里藏着石头的体温
铜铃山中，竹影和鸟鸣
微微侧身，无边的寂静空出一块
才给我们让出了登高远望
和迎风垂泪的位置

听佛安福寺（外二首）

◎陈于晓

在诵经声到来之前
我捡了一地空旷的词语
比如清静，比如隐逸
比如世外；也捡了一些“红尘”
比如今年桃花，去年人面
比如庙门与柴门

现在，诵经声来了
跟着这无边的安静，风不吹
心也不动。只有经卷在舒展
楼、阁、殿、佛……
草木，枯枯荣荣；虫鸣，深深浅浅
香火，生生不息

僧坐在大树下，炊烟在远处起
一缕一缕，有时轻
有时也重一些。深入村庄的悠远
或者淡入时光的辽阔
好久了，僧转了一下身
那身影，时而模糊，时而又清晰

我在听佛，听佛

那一如既往的神色，不喜不悲
或者我不听佛，只在安福寺
听听安，听听福，听听内心的安与福

读瀑百丈漈

身高百丈，头戴白云，脚穿雨鞋
披一袭陡崖和草木，体态婀娜
百丈漈，深山中的一声吼
破石而出的雷鸣
奔腾的马蹄声
从水中走来，在水中走失

站立的溪涧，叫瀑布
行走的瀑布，称溪涧
一步一“景”，固态的叫奇石
液体的，则称碧潭
其实瀑布不是水，是一帘音响
瀑啼，山更幽上一些了吗

隔远了，百丈漈设置为静音
只是一小匹月光而已
被一群鸟儿驮着，或者有鸟儿
游成了瀑中的鱼
啄一啄，掉几颗珠
再啄一啄，落几粒玉

翅膀漾起淡淡的云雾
在老树中隐隐约约。如梦飞去

百丈漈，不过一羽悠悠白鹭
翩翩在沧桑崖壁上

坐看飞云湖

把山色抬起来
把水光按下去。我坐在一朵云上
看飞云湖，湖和我都悬着
悬在辽阔中，湖上水动
影动，只有云不动

湖是一只大盘子
岛是几枚青螺，时而沉，时而浮
时而游动。倘有一只只快艇
那肯定是绿水分娩出的
一声声尖叫。只有渔者
才会按兵不动，闲庭信步

青山是仙子，绿水是彩练
舞蹈。风生，云起；风起，云涌
粼粼波光，是波光，也是粼粼清香
一湖的清香，袅袅娜娜
飞云湖是文成搁在
广袤中的一只壶，草木为茶叶

煮乡愁。日暮时分，云雾落
时浓时淡。现在，飞云湖
端上了一壶酽酽的乡愁
但我已隐身，隐身在时间之外

飞云湖的风

◎单素奎

飞云湖的风
你脚步轻轻
像下凡的仙女
带我去仙境报名
多亏你
下载出彩出色美景
我的心与梦
才这般含情

飞云湖的风
你脚步匆匆
像虔诚的纤夫
拉我去天堂朝圣
幸好你
更新唐诗的意境
我的情与爱
才这么放纵

飞云湖的风
我本中华儿女
天生喜欢自然之美
你穿越神州春好处

让我的好心情
收藏太多好风景
我的行囊已经超重
不知你是否载得动

飞云湖的风
诗中画中传情
含醉人花香
弹悠扬琴声
飞云湖的风
清新活力多氧的风
风吹很养生
风吹很幸福

飞云在天

——文成刘基墓前

◎丁济民

岁月的章法凌乱，让大明王朝仅余一册纸上江山
一首烧饼歌开光了神秘的汉字，让剥落的历史
老气横秋，锁不住逐鹿者金戈铁马的时空转换

你用智慧筑巢，成为一个地方的人文归宿
线装书的古典中国，好用笔墨纸砚
让一些王朝弹冠相庆，翻云覆雨，推杯换盏

在刘基墓，所有的清纯都附着在草叶的露珠上
四季皆字字珠玑，有一种拷贝时间的通感
而深刻与悲悯，都隐身在苍穹深处，看飞云在天

时光的密码折叠成岁月铺成的阶梯
通向岁月之旅的变换，一页页日子流水般远去
每一个神秘的片段都流泻着岁月与风云的擦痕

飞云江

◎杜文瑜

华侨们收起浣洗干净的飞云江
而不将瀑布深藏
把它折叠，放进了随身携带的花榈木制木箱
夜夜，总有一些泠泠的水声流淌

他把飞云江的鱼鳞放牧在空中
神州之外皆暗夜
那一枚枚闪光的鳞片像白昼
像星星，像一粒粒祖国晶莹剔透的文字
从梦眼里漏下来

一条江水从文成起飞
一条江水在空中为云
这么多年，它一直是大写CN的索引
只在梦中回到故乡
乘飞机的人将看不清自己
坐汽车的人与江水平行
内心的江水穿梭而过
细碎、晶莹的波纹，向远处铺陈

一滴飞翔的江水，如此地近
一朵飞翔的云，如此地远

在南洋、美洲或黑人的故乡，那只上了锁的
花榈木制木箱，一旦打开
便软化了黑夜的板块，和脚下生硬的土地

在世上，一条绝对纯净的河流是不存在的
飞云江，带着不安的矿物也必将沉进水底
多年以来，你只想做一个飞云江边的打鱼人
张网，打捞日出、月光、鱼、虾子和乡愁

猴王谷

◎傅红英

你和孙悟空的花果山，是兄弟？是姊妹
充满猴王的仙气，和古灵精怪

你神秘的时空隧道，让我想回到过去
回到岁月的最初
如成真，比海子那道闪电幸福多了

花果山的猴王
穿过隧道和猴子猴孙们见面
会遇上比仙女还美的人吗
至于动心，应该问石猴

广场，精灵们集中亮相的地方
调皮，有一只正悄悄地躲藏
它是想藏行踪，还是想藏入我心中

在树顶，纵观两万余亩原始次森林
噢，这是天然氧吧

这木古水奇，物富景幽的地方
一定常有群英会
诗人们，你们在哪里

醉美文成（组诗）

◎董洪良

铜铃山

我不知道——
风吹过这里是何模样
我不知晓——
雨淋过这里是何模样
我只是思量着
铜铃山这巨崖的特写
我要怎么
才能够借风为马
打此经过
而那么多的世人
千里万里外云集于此
是要沐浴　斋戒
还是要把灵魂还与山野
洗肺　修心
与山晤对

飞云湖

湖飞云中

缥缈如仙，我看不见

人入山中
青翠淹没，我看不见

我欲入湖
禅心入体，同行者不见

我不是隐者，也不找寻隐者
山与湖澈净、互映，肉眼可见

湖，仙浴的湖
我凡身的肉体开始被洗浴洁净

众生啊，请不要再痴心妄想
我早把一滴热泪滴答在了湖里

望什么望？千万不要再回头
待会我还要与她挥手告别

百丈漈瀑布

在观瀑亭，我看到一滴水
看到我的内心
跨过飞瀑
面对千仞陡壁

白练横空，散卷云雪
狂倾而下的

何止是玉碎高挂
水溅如花

风，该吻过
这二百零七米的落差
枝，该横过
三十余米宽的悬崖

不必去说“飞流直下三千尺，
疑是银河落九天”
这一漈雄、二漈奇、三漈幽哟
早随我观瞻的澎湃
随风化雨

而这些腾空
这些碰撞
这些揉碎
这些纷纷扬扬的诗意和滑落哟——
飞溅落下

再远的远行都有归期
无需再于此静坐了
看那悬崖上一枝野花，比飞瀑
更早地举起群山
唉，纵有千般不舍
夕阳下，我也必须
在天黑前返家

百丈漈

◎高　晶

以水锻打的石头，像一张轻盈的底片
光的蝴蝶在万分之一秒，向铜铃山正午的峡谷撒金箔似的雪花
它们尽力飞翔截住颠沛流离的云水禅心
任凭擂鼓之声把世界锻打个正酣
梦里的鼓手惊醒了水，他更想惊醒那沉积久远的英雄梦——
以水的凝聚、水的温度
上善若水、逍遥之水
止水开闸跌宕波澜，水命之人朝发幽谷，奔流不息，如潜龙探渊、凤尾森森……
烟水阒寂
手握菩提的佛子坐在百漈之心
进一步，空明深邃
退一步，红尘如劫
进一步，穴居野处
退一步，反哺苍生

叩问水，逆流溯源，好似脱去落叶之后的季节
恩宠下的卑微、诘难中的迷茫、诵经中的方言
于那跳跃清涧的迷思，观云台座下之水，半真半幻的径流，划出龟背图案
仿若都指向朝代易主，草莽间必出一位心怀天下之人——
以日月之光，刈收其他起义军的北伐或西征

弄巧于兄弟阋墙或隔山放箭，驱使万流归宗
打出一个四海朝贺的汉家江山

蓍草青青，率土之滨，文成公的一把羽扇，笑而不语
滴滴竹露，祭响铜铃

铜铃山（组诗）

◎傅银英

壶穴瀑布

不在昨日
不在明日
神秘的铜铃山
在我见到她的这一刹那
嫣然醒来
高高的发髻上插着一支步摇
洁白的流苏底下青翠的坠子

漫长的时光如同曲折的河流
时而缓和时而湍急
时而低徊时而飞奔
多少年的耳鬓厮磨
才凝聚成这幽深的一潭
一面发光的镜子
只映照蓝天和白云

远方的青鸟
衔来珍贵的种子
落在坚硬的岩石上
千年万年

遂长成一块浑圆的碧玉

铜铃山铜铃山
你寂寞的酒杯是为谁珍重地举起
只为盛下数滴相思的眼泪

不在昨日
不在明日
神秘的铜铃山
在我见到她的这一刹那
嫣然醒来

百丈漈

只要你愿意
我便在每颗星星上点亮一盏灯
这样才能看清
你的绝世容颜
没有谁能描述你
柔软的腰肢
除了风有时拂动你的裙裾
没有谁能形容你
款款的脚步
除了时常听到你环佩叮咚

摘下一轮明月
这明月是你的镜子
你紧紧抱在怀中

咦
任你深居青山
隐匿踪迹
始终你还是一个
爱美的女子

飞云湖

鱼儿游在水里
就好像我的双眼在你怀中

湛蓝的天、碧绿的水和青翠的竹子
一起装进我的身体
而我自己则被装进一片树叶
漂在湖面上

那鱼儿和虾儿的天堂
白鹭像洁白的天使
扇动翅膀

我把我疲惫的脚步
和一段忙忙碌碌不知所以的人生
郑重地折起
像折好一封初恋的告白书信
沉入飞云湖湖底
让它映照千年岁月
和岁月里长长的一道伤

铜铃山诗篇（组诗）

◎方海英

种一棵树

“是的，我想种一棵树”
我想在铜铃山上种一棵树
这年头，铜铃山雨水充沛
种下一棵树后
我就可在这神一样的家园里
自由自在地成长
日夜眺望神一样的山

山，坚固，亘古
让我安静地成长
黎明来时，我最先看到日出
我要筛下斑斑驳驳的艳阳
留给生我养我的铜铃山
最后我目送夕阳下山

在铜铃山种一棵树真好
可以和树木兄弟相看两不厌

山的春天

风，兵临山下
友情地出演
不辞辛劳地登攀铜铃山
春风过后
深化了铜铃山绿色的意境
色彩鲜绿，情愫饱满
山的春天写意着春的蔚蓝
所有的都和春有关
春花。春草。春树。春水
还有春风满面

把你的名字记在心里

铜铃山，你的名字
听起来竟是这般熟悉
又是这样的悦耳动听
我想把你的名字——
“铜铃山”这三个字无限放大
然后刻在一块巨石上
可是，我担心这样不道德
所以，我只能——
把你的名字记在心里

铜铃山，诗意盎然

我的思绪在铜铃山缭绕
听悠悠叶之歌，琴韵悠扬
叶、草、花散发出铜铃山
独有的沉香
香气氤氲，让我和奇石默默无语

风舞流云，风云际会
才有了空山灵雨，岭雾林岚
铜铃山在雨里沸腾了
瀑布飞流，溪瀑潺潺
修竹茂林、奇花异草都在吟哦好雨

雨过天晴的铜铃山
仿若神一般的存在
被树叶上掉下来的水珠滴醒
醒后的铜铃山光滑如磨
佳境天成。好一座绮丽的铜铃山
有蛟龙喷水，有银蛇出洞

铜铃山缱绻多情
雨，是丝丝新雨
风，是缕缕清风
清风新雨让铜铃山诗意盎然

文成，山水诗（组诗）

◎风　荷

铜铃山

时光葱茏，所有的叶子都不辜负期待。

八山一水一分田，文成家谱，山是主角。

山驮着时光，水融着日子。山有升腾的理想，水拥着月光雪。我的父亲守着良田，守着指间的岁月。

人间烟火，从铜铃山的炊烟开始。

暮钟敲响。一座山庄重，肃穆。

峰峦叠翠，峡谷幽深。一座山多么神秘。

在铜铃山，我深知：草木不会误了翠绿，野花有执着的信念，森林栈道有摄人心魄之美，壶穴瀑布时时制造出幻象。

时光葱茏，所有的叶子都不辜负期待。

一座山有静默之美也有跌宕起伏的壮阔。

你一直用心。

把寒霜的斑迹擦除，用阳光缝补幽暗和潮湿，用鸟语花香替代雷霆闪电。

淳朴的血统，水做的风骨。大山和你怀里的子民深深理解彼此的心意。

铜铃山，我的故土，我愿匍匐叩拜，用呼吸和心跳敬畏。

有时也借清风和雨水喊你。

“爱吧，爱铜铃山，爱你挺拔和坚毅的魂魄。”此刻，头顶明月，任思绪弹拨出一碟柔软的银光。

把你想念。

飞云湖

风吹过，波光里是乡音，灯火，天涯。

云远道而来，带来雨水。

白鹭翩飞。在如绸的水上，质感里的鸣叫，风姿卓越。

湖呼吸细腻，拥抱天空和虹影。

我的先祖择水而居。在浙南最大的湖泊——飞云湖边安家，劳作。浑身充满力量。

一滴水，揽紧清风明月。一滴水，有孕育的疼痛。一滴水，也有美好温暖。

我站在岸边，看水鸟展翅而飞。

风吹过，珊溪，蟾宫，岩门，铜铃山峡，石羊林海一一苏醒，在晨光里沐浴，洗礼。

风吹过，飞云湖的波光里是乡音、灯火和天涯。

一个静谧的湖，也有心潮澎湃。他回肠荡气，把波浪的鼾息和呓语译成雷电，把月色裁剪成银质长袍。

我的先祖灵魂高贵，胸口奔涌正气。像源头的水在高处指挥，桀骜不驯。洗涤，磨砺，冲刷大地。

早悟了世间生死。更多的时候，湖上烟波浩淼，船帆竞渡，湖湾与小岛交织成迷宫。

湖岸郁葱。广袤胸襟融入绵绵不绝的声色。

飞云湖，所有的路径都指向慈悲。

我驻足，仰望。膜拜一面湖的辽阔。在一滴茂密的水里寻访一朵白云。

在眼眸里安放下天涯。

枫林古道

石上流霞，中国画的卷轴次第展开。

树披上晚霞，石披上晚霞，山野披上晚霞——古意葱茏，袭上眉头。

停车坐爱，枫林古道，浙南山水的传奇诗篇。

层林尽染，石上流霞，中国画的卷轴次第展开。

秋天的文成，爱意盛大。诗歌和红叶，像古道开出的花朵。典雅的技法，一番浓墨重彩，跃上扇面。

石阶，亭台，远行客，江南天气。

在文成，车轮声带出书卷气和前朝胸襟。有浩然的姿势，在墨香的馥郁里，缓行。把折叠的山层层打开。

在山顶，任风吹内心涟漪，雨不会湿了旧时青衫。

每一道阳光都恰到好处。笑容迷离，唇上胭脂，醉酒的美人。

哦，枫叶。

秋风似剪。剪出精致格调。再涂色，装帧，上墙。迤逦的风光，大手笔。

崇山峻岭，一道唯美的布景。

秋天拉开大幕。

出尘的锋芒，目光炯炯的舞者。大山的肌肤，骨骼，皆舞出火焰。

秋风荡漾，星火万盏。

前世之梦，退到一场大寂静。

我的王，静候你出场。

白云庵

我的父亲，培育一株叫诗歌的花萼。

山中楼阁，倚涧檐。是云峰山顶，礼佛之地。

屋上日夜涧声潺潺，晴雨难分。

檐头之水，滴答，滴答——

生香火，禅自茶味而出。一卷在手，去心念念。瘦竹立于山中，佛音随流水送远。马蹄声声，于烟霞千里之外。

寻心，在寂静处，心既是佛。

禅灯，映月，照蒲团。一袖清风，都付诸光阴。

起舞，问道。

纤手弄墨，暗香飘忽。

或刻刀遇石，刚韧接接。或闻香操琴，养育最好的自己。

露水，空枝。不见蜜蜂嗡嗡，蝴蝶亦离花茎而去。穿灰袍的僧人穿过林间，似柔软无骨，又似一阵劲风。

繁花落下，而后是雪，一瓣一瓣。

在人间，梦一场，终清凉。

白云庵前，不知今夕何夕。水月，空山。

我的父亲挑水做饭，从白云庵回来，融入人间烟火。

我的父亲，是人间一缕清音。

我的父亲，培育一株叫诗歌的花萼。

百丈漈

白鸽起飞。画面，模拟一场盛大的雪。

一滴水，就到这里。

千万滴水就到这里。水在眼前飞跑。文成南田的高台之水。

水冰清玉洁，水激流冲荡，水无畏自己粉身碎骨。

千万只白鸽起飞。画面，模拟一场盛大的雪。

碰撞，突围，又紧紧相拥。如无数大山的子民。

灵魂附体的水，清澈，饱满，恣肆。不是俗世的，也不是狡诈的。决绝，壮美。不惧命运的深潭和悬崖。

“一漈雄，二漈奇，三漈幽。”

在百丈漈。每一滴水都舞出自己最好的样子。每一滴水都被我敬仰。脚步融入瀑声，世间的浮躁，被水圆通。它们的落差和距离，如一阕宋词奉上的心灵感应。

山野空旷，百丈漈的飞瀑把悲悯浇灌。

而我仿佛是踏响了梦境。

回到了水的祖籍。

百丈漈，就立在我的心尖了。峭壁，杂树，飞瀑。我的喉头，有喷涌的潮汐。

“顺势把满山的鸟鸣。放进眼眸。”顺着婉约，我在一阕豪放词里朗诵雪讯。

峡谷景廊

像一匹马一样腾空，奔走，去向好人间。

线装书，一枚清瘦的脚印。

用泥香擦拭，留存。不管去路迢迢。清秋时节，截取一条幽静，卸下劳顿，放马。在飘摇的水上，建一座静心的庙宇。

渡到对岸。

镜像开阔起来。

不说秋色三分，唯念人间情分。在前行的途中，写下自此安好。

与踌躇满志的人，携晨光，登山观景。

热血在我身体里奔涌，孤寂属于昨夜。

像秋风一样寻来峰回路转。像一匹马一样腾空，奔走，去向好人间。我在峡谷景廊里唱古老的歌谣。

注视一棵青松，一潭绿水，一根木桥。

一枚明月安然于心底。

吉祥的时辰。一次次抱紧幽谷的深邃。用心去触摸一块石，一片落叶，一个名字的荣耀。

不说深渊，不提关卡。两岸是群山翠壁，飞瀑多姿，红枫古道，是你伟岸的身影。

“疑在巫峡望巫山，又从灵峰到灵岩。林泉壑瀑两廊画，天开画图绝人寰。”是一首绝句安放于眉上心间。

“收获总在前方”。在文成，在峡谷景廊。

我手握宝典、密令。

龙麒源

从飞翠湖里跃出，一枚绿月亮，美好得像爱情。

祈祷，在龙麒门。在凤山和凰山之间。

一片薄雪，奔走在文成。

风吹松果。我是那个被楼台亭榭拥抱之人。从我的父亲那里接力。用霜露滋润泥土，用旧时光卷成望远筒，不惧鬓边的一场雪。

收紧心的狂跳和喉头的尖叫。

把喝彩留给半空。

在龙麒源，穿过长长的索桥和山歌。

仿佛远古之物都已抛给昨天，仿佛镜子里的人是勇敢的蒲公英。

桃源从诗卷里翻出，一地发亮的碎银。

风像丝绸一样，龙麒源举着仁慈的秉性，沉寂于草木的疆域。

溪雨亭，竹篓桥，凝碧潭，龙壁崖……

从飞翠湖跃出，一枚绿月亮，美好得像爱情。

我把自己种在畲族镇，种在龙麒源的土壤里，迎风而立，收获一轮新的朝阳。

在山水的翅膀上安身立命，曙色正好与你的极致契合。

有足够的美可以挥霍啊。

在文成，在刘基故里。

铜铃山记

◎龚　璇

有青潭，有壶穴，有奇岩
还有几把花伞，在山间栈道若隐若现
红衣少女，缚紧手腕上的铜铃
穿梭沉睡的森林，银钟花，鹅掌楸
连香树，眯缝着眼睛
倾斜惬意的心情。百丈漈瀑布
热泪迸流，飞溅山石
卸下负担，跳跃涧水的联想
爱着，身轻如燕

那些疼痛的倾注，在我面前
留着美丽的意图
瑶池的倒影，有云上飞鸟
带去低垂的记忆，天使下凡
把剩余的秋天，馈赠大地
这一生，该拥有的青翠
顺从殉情的速度，在故道旁
绯红枫树的脸。你还想发现什么
高耸入云的铜铃，已听不到急遽的心跳

不知道哪里飞来的鱼
误落醉鱼草。未能提及的初恋

氤氲着少女的眼睛。谁敢轻易言弃
秋风吹过，铜铃委婉的声响
与唧唧虫鸣，唤醒潜意识的梦
枫叶红了的时候，游离的魂魄
怎能让我低头走过。闻着山中的清香
我的笔记，不会错失遗世独立的水墨

飞云湖的月亮（外一首）

◎郭明金

天然氧吧，露珠微凉
还是当年的老月亮
挂在百丈漈头上
点亮三级电站的灯光

仿佛伯温先生还站月老山顶
披着水一样的衣裳注目张望
观赏一雄二奇三幽的山水风光
他多想再听听猴王谷的喧闹
铜铃山森林中的天籁馨香

他隐隐发现文成人已打开窗户
放牧一枚枚崭新的月亮
那是另一种月华吧
寨里的高皇歌正延续疯狂
敬酒歌、对盘歌、度亲歌早已唱响
子民正享受经纬天地为文，安民立政为成的梦想

一朵渔火，是文成先生所化吗
暖了飞云江，暖了飞云湖，暖了百丈漈
船桨划动的翅膀
摇醒了举头望明月的背影

仍长长久久留在飞云湖上
山清水秀瀑布旁
仍弥漫波光粼粼的原始芳香
村村寨寨袅袅炊烟
仍还在古线装书中漫游

风吹万里、月照千江
文成，向往留恋的地方
孩时的柳芽、蝴蝶、风筝……
裹着百丈漈的瀑布猴王谷的酒香
合着浓郁丰富民歌对唱合唱联唱

今夜，我站在飞云湖百丈漈乡愁中
想什么，看什么，又算个什么呢
顶多算片游云算个匆匆过客
舞拙笔弄闲墨留此乡

春归人

乡愁是一粒种子
遇春雨而生
爱情就发芽了

腊梅露放时桃花正怀孕
你就被风雪俘虏
而匆匆赶来采花的人

多少年多少代了
花期如此

爱情延续古今如此

都是这桃花惹的祸
向上，是生命绿意
向下，那是葱翠五千年的梦境

就让乡愁打坐成禅吧
我们都是南来北往的忠实信徒

文成三章

◎戈　丹

夜游铜铃山

众神游走，如
磷火散落，时间的点上
长河，余光深不可测
每一粒光的背后，一定拖着一条巨大的尾翼
它们比肉体轻，但比空气重
千年松柏
灵魂的高度，任何时刻
都不如此刻亲近
词语闪烁
如黑暗中被微风拉响的一串串铃铛
有着此起彼伏的旋律
蓝色的磷火和黑色的词语相互融汇
自由进出我的体内
仿佛我的身体，是个
空旷的山谷
今夜，我就宿铜铃山宾馆
敞开后窗
窗外，山风拍打松涛
小楼安然无语

百丈漈之上山曲

深山里，唯有突围而出的流水声
响起的号角
还有成群的被现实搁浅于半路的落叶
等待着被大地重新收回
你深入陌生的我
预谋从一个沉寂已久的角落掀起一阵风
或制造一场水灾
但我的目光，早已穿越三层水帘洞
历经三重磨炼
如飞鸟的翅膀稳稳停于山尖
我的视线越过你的肩头
停于众山间的某一处
有光隐于山涧
游龙般盘踞岩壁
我放开缰绳
远山之外，我的声音如棒槌
被群山的手屡屡击回
大地与天空构成的鼓面
只够我来一场虚构的追击战

百丈漈之下山曲

我希望向下的阶梯能够再长一些
或者它到达的不是
我所熟悉的尘世
在我视线所及，低处

有一对老年夫妇
彼此扶持着往下
山风吹来，落叶打在他们的身上
衣角翻卷
他们所剩无几的白发几乎缠绕一起
但他们只顾着相互搀扶
一脚紧跟着另一脚
害怕哪一脚没跟上，或踏空了
就只剩下另一半
我多么希望这阶梯能一直延伸下去
而他们就一直这样不停地走下去
相互紧挨着，像
阳光下我所看到的
那些狗尾巴草
歪斜着身子，却永不触地

铜铃山风景区（组诗）

◎郭永平

树站在同一个舞台上
随风尽展舞姿　万种风情
小鸟一展深情的歌声
回响山谷
染绿叶子　染绿山谷
人醉　湖醉　山醉

映入湖中的叠翠山峦
生动起来
湖中又多一个春天

黑夜拉上帷幕
无法入睡瀑布
依旧那么生动　沉醉　兴奋

铜铃山
它是一幅无法装进画框的画
它是一首无法写在纸上的诗

瀑　布

远远看去

一片晒不干的轻纱
（传说是一位仙女匆匆丢下的）
至今悬挂山间
走进它
婀娜飘舞
身上沾满江南小柔情

一阵风吹过
将我灵魂
打湿

湖

多么宁静安详
从碧清中
看见自己的灵魂

静成一种激情
静成一种深韵
静成一种梦境

湖中
那本精美的画册
随风翻看

游人希望把美丽的景色
装订成册
邮寄他们
美丽的都不出售

红 叶

一片片红叶
如同千万只美丽的蝴蝶
随风飘起
轻盈　鲜艳

那是一次生命蜕变
深情如同夕阳回归
释放最美的瞬间

诗赞百丈漈

◎妫海霞

是谁之手造就神奇
是谁在这端坐金椅梳妆，被牧童看到惊讶不已
是八仙之一吕洞宾，是龙女
亦或是自然神奇造物之力
借了时光之笔，日月之墨
我只知道，如今用了人类之智
将这天下七十二福地化为了国家级风景名胜区

呵
这悠悠百丈漈
一漈雄伟瑰丽
二漈奇险无比
三漈幽深如谜
倘若长久居住在这里
在这世外桃源之境
神仙休养生息之地
那定是无忧无愁，无惧无憾的了

文成县有此百丈漈
引得多少古今文人墨客的颂赞
又引来多少游人休闲，流连忘返
数不清了

就如这高深的飞瀑上的水珠一样
数不清了
百丈漈风景名胜区
这高旷绝尘，人间仙境
天下奇观，避暑福地
谁人不想，谁能不来呢

从飞云湖出发

◎韩　伟

飞云湖百丈飞瀑
这么远的路啊
我乘联想电脑显示屏上飞驰的光标来见你
第一次见你——飞云湖百丈飞瀑
感觉你就是那水龙王的发簪
不用“遥看”
只听声响
便知道你是毫不犹豫地扑身而下
有了你，这里就不再萌生鹿回头的想往
你想“挂”都是挂不住的
除非画家用笔将你挂在墙上……

飞流直下三千尺
你的勇敢，惊得大地和诗人李白都轰轰然、昏昏然
还有谁再言犹犹豫豫，推三阻四呢
若即若离的请趁早走开，粉身碎骨一次又何妨
活过一次的生命就不能让跃起的鲤鱼都瞧不上

这让我相信丝绸之路就是从你这里开拔的
反正，义无反顾的归途总是祖国的东方
你不仅能够早迎日出
而且自会有那去见海龙王的东海小龙王
欣喜而自豪地将你顶在脑门上

理想国（组诗）

◎郭应国

铜铃山

原始生长的灌木，疯长的杂草和阳光
在这里要分出一个我来
看山，望水
从一朵花中套取我的无法深知
从一个毫不相干的地名
镶进我的足迹和喊声
让我仅有的时光，换取一次朝奉
在亘古荒原里长出一片绿
阳光照过南坡，它们长势良好
我的灵魂附在石头
有人路过时，石头开口说话
看，他还活着

月老山抒情

把自己桀骜的一生放在纸上
多像个笑话，做一个人间的土匪
没有压寨夫人调教，怎么成众人之王
一些苦恼的爱情委身而去

我要祈祷五百年之约
亲爱的，这是月老山
它洞知我们的今生和前世
把所有的苦难和罪给我
把欢乐和爱情给你
我想做的只有这些
如果月老有灵，请听山水倾诉
听我一句请求
此生如此之短，让我们生死相依

理想国

风吹着天空，河流带着山川
我在多年前种下一朵云
而今生出羊群
铜铃山上的山歌在为谁唱起
侨乡的人，每一个热爱这片土地
虔诚的飞云湖如此美丽
就在这里了，今夜的我
放歌于红枫古道，饮酒于畲族之乡
梦着不可抵达，说着无法深知
我宿于半醉的夜幕中
月光是我的，美酒是我的
花儿为我开，楼上的弛缓的琴声
断续袭入梦来
就在这里了，此刻
文成之城，一切相遇和谐
我在这安家落户

文成偶书（外二首）

◎郝　炜

持一束温暖的火把
落日为帐
照亮百里红枫古道
风尘之上的夜读
在战国瓯越地读南雁荡山脉的明月
在秦时的闽中郡读《诗经》里的《关雎》
《楚辞》中的香草
浙江文成，一路而来
遍读中华风韵
时代血脉

把蜜蜂的歌谣和蝶舞编成一部诗笺
做教材
邀请全世界的诗人到文成
重温奔腾的诗意
炽热的情思
文成铜铃山
——我，一个路人
借你不足一日的游踪
你还给我毛竹的清幽
国家森林公园春露的朝气
一只厮守油桐的云豹

石丛中生长它湿漉漉的梦

布谷鸟播报中国梦的清晨
我，一个路人
已把每一抔泥土认为乡亲
在百丈漈飞云湖的迷人山瀑里
我，一个路途上的诗人
学会用温州话喊出一腔热爱
山瀑那头的世界
云海轻舞
群山朗笑

酒歌

铜铃山耸峙无语
那时，刘伯温还是星光下练剑的毛头孩子
脸色红润，头戴纶巾
后来，早已不识剑谱的他长大
在此地牧马
迷在了一盘明朝的棋局里
从元朝末年到绮丽的江边城邑
历史所载的那匹马驮了多少沙
找个秀才算一算吧
又有多少人事
随沙，飘流在水中

经安福寺，穿峡谷景廊
拜过天下人的刘基庙
放下一盏河灯

灯光摇曳，幻化千灯
灯芯轻渡一盏畲族麦酒
香迷远方春天的鼻息

喊住那匹飞驰的白马
把中国梦的捷报
传到远方
天地为证
白马啊，等你抵达
将你写入一曲经久传唱的畲族山歌
作为军功
倾一杯米酒
邀你醉舞

走文成

在一片落叶中结庐成境
不问荒老
泉水缓慢解开这一世的心结

我已没有佩玉可当
只身在铜铃山下呼吸、散步
壶穴碧潭中潜藏一个书生的假想
啜饮年华
之后羽化归去

太阳，一个落寞的空书架
拥书而眠的古人
醒后对饮或独酌

那么多思想、情怀和风度
请入历史这本小册子

暮色，借书人
私自拿走漫无边际的光芒
我来不及背诵
再饮一口美酒
反悔已过
梦溢醇香
把生命缀字成册

不知何时
眼睛的湖畔
古老的泪水迢递而至

一壶好茶（组诗）

◎何兆轮

刘伯温

人都说
他的命算得很准

能掐算出一个朱姓天下
两百多年的苦乐时光
真的了不起

可现在看来
未必是件好事

不然
后来怎会看破放下
隐姓埋名
了
呢

铜铃山

名字真好听

像听一串清纯悦耳的铃子
在温州妹子手上
摇啊摇

一会摇山
一会摇水
摇得晴空明月，悬挂于万里之上……

稍不留意
就跌进美的深渊

红枫古道

枫叶红极了
古道就又添一件新衣裳
正适合君子穿

好色者
不配

天顶平湖

神明在此
休得胡言乱语

脱兔跑到月宫里去了
静如处子的水
思念嫦娥

谁说
世人垂涎三分色
而我唯留
一点真

刘基庙

明朝的官太累
也该好好休息了

落叶归根
宿命里的故土
没有机关和八卦……

这回好了
一把老骨头退休几百年
仍享受国家待遇

岩门大峡谷

谁能
从陡峭的岩石上
一一辨认出明朝的胎记来
赏他一百两银子

这份补贴
上哪儿去领

刘基说
朝朱元璋要去

铜铃山

◎关克礼

红枫古道行
翠竹碧水天一色
峡谷景廊遐迩名
林中百鸟歌声亮
壑纵壑
岭复岭
巍巍崖壁挂铜铃
群燕绕铃舞
疑似铃晃动
山涧响铃声

秋夜静
彩云追月行
山巅小瑶池
繁星拱月明
遥想当年西王母
蟠桃盛宴广聚朋

瀑连瀑
潭叠潭
神壶倾天河涌
万马齐奔腾

壶穴走蛟龙

飞云湖瀑布渡百丈

九天银河落天堂

铜铃山水甲天下

环境美生态良

独树一帜自然风光

铜铃山的禅（组诗）

◎侯龙柱

铜铃山

是什么声音震颤
鸟群动感的音乐
脱颖层林
层林尽染
如痴如醉
静态的世界
瞬间激活

春风逍遥自在
缀满枝头的鲜美意象
一路数着年轮跋涉
根须在土地里延伸
情绪在植物周围舞蹈
信手拈来
周身便定格成一种
美丽的姿势
心中的小鸟
开始欢腾雀跃
绿水异卉奇树
石阶石壁石岩

如叠加的意象群点染
游客醉倒于鲜嫩的意境中

从山上采撷一片红叶
植于心灵的土壤
从此夜夜梦中
扑风追鸟声

百丈瀑布

百丈瀑布
我来到你的身边
喧嚣的响声
漂洗庸常的日子
气势恢宏的瀑布
洗亮繁华绿树
深深呼吸
触摸那些
匆匆飞过的鸟声
触摸那些
真切无法忽略的
苍茫时刻
如果说
所有丰富和美
都是时间在寂寞里
开出的花朵
那么即使我终其一生
也只能成为
潭边一株小草
我也有幸找到内心的

豁达与安慰
整个身心
与你融为一体

飞云湖

星辰被无情的暮钟
沉入水底
瘦月欣赏着岸边的风声
临水观云
竹丛散乱的影子随云飘零
远山空音隐隐
山道霜色独自清寂
有一些干枯的记忆
从溪里复活
飞云湖传导神秘禅音
晚蝉向同伴
传递今夜的信息
如痴如醉
乱石隐月花草隐露
静者沐于水
动者濯于风
数峰升起静静的岚气

铜铃山截句（组诗）

◎黑　马

铜铃山

繁星的祭品，闪烁其间
让秋风弹奏热血
铜铃山，在雨中发抖
仿佛一种古老而绝版的艺术

百丈漈瀑布

作为一座遗址
百丈漈，是奋不顾身的爱情
鸟在寂静中辨识自己
沐天而降的瀑布，教育人生

飞云湖

姓白的云姑娘，驮走了雪
她留下的镜子
成为时光的寒意
让无言的大地失魂落魄

红枫古道

群山开花，星光灿烂
红枫，是一个古典的意象，击中我的前胸
月光下的魅影
连同石阶的叹息，以及岁月的鞭痕

龙麒源

美在搏斗，一种坦荡的深渊
超然于心灵和时空之上
我请求，以一棵小草，来安放乡愁
繁星漂浮，你的眼睛盛满时光的图谱

猴王谷

月亮，透出银两，为民间制造祭品
黑夜啜饮琼浆
月亮，是猴王谷的心脏
让人在惊慌失措中忘记了回家的路

月老山

月老山连着地平线
连着日出与霞光，少女在奔跑
把我带进雨后的山林
如两只乱撞的小鹿，迷途于欢乐

飞云湖

◎梦　阳

这大地的眼睛，谁来守护
蔚蓝的经卷，谁来诵读
这一切，只有你最清楚

夜深了，顶着风
月亮小心地，用银碗将这一切拥住

此刻，躺在这纯净的碗里
和你对望，谁还会孤独

握住其间（组诗）

◎黄晓平

铜铃山看云

轻手轻脚，别碰响铜铃
在山巅扶一棵歪脖树
独自看舒卷的云

看下去，不知哪个时辰
你紧攥的手慢慢松开
忘记自己身在云里云外

看下去，眼看着自身变小
像个不会哭闹的婴儿
恍入前世今生共享的错觉

你在等，等一个面孔模糊
心地良善的天外人
披着云衣裳赶来，暖暖的
把自己抱走

这里的鸟鸣

这里的鸟鸣，无法遏止
压住久远的铜铃声
直达天庭，高过云霄

一只鸟会叫，不等于一林子的鸟
都那样叫，其它的鸟音
以和声烘托

一只鸟会叫，不等于一林子的鸟
都要叫，就像一林子的树
指不定哪棵可以作巢

林子里的每棵树，早已准备好
包括听众鸟喧哗
或一鸟领叫

飞云湖里的云

湖里的云，是雨库，是水中水
被看不见的手打开闸门
由下而上，倒悬着泻入流程

山泊进云影，如蚌含珠
潜在水底不知痛痒地磨蹭
也不知谁能把谁，磨成跃出水面的精品
上刻的那些水纹云纹

像日子般随意，也像日子
那么磕碰着不对称

在水边直起腰身，我只想
亮开嗓子喊破辽阔里的隐忍
让云升出水面为帆
引我渡过背井离乡的孤单

文成诗笺（组诗）

◎胡云昌

无图可索，请原谅我笔尖走马
用汉字在文成幽居。观景。听风。数雨

——题记

刘基墓

文成县。南田区。西湖乡。西陵村。夏山
一骑红尘，此去三千里。一个人幽居于此。听风。数雨

墓碑如刀，刀柄却攥在别人的手里
刃口上的世界，让一个人的痛两袖清风

墓前种松柏，墓后植修竹；押雪花的韵，合竹节的辙
一个人口服了一剂落日，对症了那个病入膏肓的天下

红枫古道

秋天黄了，果实还在路上
剖开秋天，寻找落日的核

秋霜已横刀立马，古道上的西风日渐消瘦

枫叶已红，点燃一身的旧时光

一位收割荒芜的老人，握住一枚红枫
像攥着一叶小沧桑，竟不忍放手

百丈漈

歇在枝上的花朵，坐旧了一个春天
百丈飞瀑，咆哮如雷，让鸟鸣开满令人惊讶的花蕾

一漈雄，二漈奇，三漈幽
一漈高百丈，二漈宽百丈，三漈深百丈

一个人心有内涝，在体内排水，在心上泄洪
百丈漈一直在疏浚着民间泥沙俱下的疼痛

飞云湖

我顶着一场江南的烟雨，抵达了一幅水墨
飞云湖的婉约小于笔尖，浪花大于小楷

一个野渡，自横的小舟，摆着古代的姿势
在波纹的边缘上，古典。风卸下了夕阳

一叶扁舟开成一朵词牌，摇橹成曲
在飞云湖，重新注册一条河流，以此止痛一个人的乡愁

灵　崖

绕到时间的侧面，晨曦迎面而来
雄鸡一唱，天下大白

绕到光阴的另一侧，一把剑已经偏安
一位将军手提明月，为一座江山签字画押

观音崖上的眺望，剔除了红尘与杂质
作为大地之子，一个人短暂地顺从了自己的荒芜

百丈漈的对峙（外一首）

◎陈易辉

对峙来自地位落差
地心诱惑，让迂回的口水
有了冲撞的理由

站在出身的制高点
语言暴力，长达百丈
从高贵的崖口喷溅下来

置身谷底，四壁高不可攀
我骄傲的心被一节节
击陷下去，沉入水潭底部

雷鸣的抱怨，淹过我的胸膛
一缕放逐的光，穿透杂草
想洗尽眼里的沙子

我终于看清这块以梦为马的盆地
姿态越谦卑，就越具深度的胸怀

岩庵观雾

峭崖倾出半截身躯

捧住岩庵。云雾
这群信徒突涌过来
簇拥起一团奔腾的秘密

穿越十八弯拐
我登顶，极目四野
十万方的白
隔断人世间的浮沉

一座山的修辞（组诗）

◎姜 华

抵达圣山

一座山，高到让人仰望
那些攀山的人，谁愿意错过佛光
弯曲的道路和历史，追赶着游客奔跑
在山中，一只蝴蝶也能点化人生
初春在铜铃山中，有前朝凛冽的风
在高处生长

一座隐居在云里的山
山中生长的植物，吟诵着春秋
有洞穿千年的文脉在行走
它金属般的重量让白云低下头去
那些关隘和隐喻，正把
尘封的历史娓娓道来
山之巅，有惊叹处女般隐秘

春天的色彩，早已印染了江山
一群攀山的人，身披霞光
大山无言，静静地坐在那里
像一位失语的智者

夜读《明史》

这个春夜，轻轻拨开飞云江涛声
和雾岚，沿着《明史》的脉络
走进铜铃山中，去拜会一位
称做伯温的先贤，红枫古道上
疾走的足迹若隐若现
百丈漈正把前朝的隐秘缓缓开启

谁能被随意摆放上岁月祭台
让后世之书生们仰望，风上的旌旗
被摇得哗哗作响。一个叫文成的地理
抬高了世人的眼光，和欲望
战争的硝烟在扉页中奔跑
有呐喊声敲击窗棂，不绝于耳

也是在这样的夜晚，失眠的刘基
怀揣一张地图，走出帐外
他轻轻地抖动手中乾坤
一个强大的帝国
在他的手上徐徐展开

一座山的铃声

一座山，潜伏了多少历史的潮声
随便一声鸟鸣
就让人沉重得抬不动脚步
飞云湖上疾走的风，追赶着

游人的智慧。一条古道
要把我们引向哪里

我还在寻找，一本穿越时空的秘笈
一位智者设置的思想悬崖
让一群前朝书生们终生
难以逾越。而
百丈漈瀑布的水
究竟有多深

一座蓄满了前朝风雨的山
坐在飞云江畔，似一位智者
岁月的尘埃漫天飞扬，一粒砂子
也深藏着闪电，和救赎

在山中

走进铜铃山中，我的脚步
慢了下来。这里的树木、小草
甚至那些鸟鸣，都暗藏着深意
山里的风，这时也变得陡峭起来
人不能抵达的地方
风都去了

现在我只想一个人静静地
呆在山里，从那些植物
和动物身上，寻找先贤超人的灵感
然后扯一块白云，或山风
把自己的灵魂慢慢超度

什么也不用说，像一只蚕
把自己精心地包裹起来
在风吹丝绸的乐声中
破茧而出

访山的人

穿上春装的铜铃山，色彩和气味
让诗人们汗颜。这个仲春
一群书生慕名而来
那些在山中漫步的动植物
一齐扯开嗓子
把一座江山吵醒

走进这方山水
我们的脚步慢了下来

在这块版图上行走
一群行走的汉语和修辞，四肢乏力
站在元明绎道上，有前朝气息伴着鸟鸣
扑面而来。面对如此厚重的风水
一个诗人的矜持和坚守，究竟
还有多少分量

只是一群过客，叙述一座圣山
我们缺乏足够的底气

诗意文成（组诗）

◎李长空

千年古道

似藤，刚一晃又藏起来了
似带，才扎起又掉下来了

阳光斑斑斓斓，人影时隐时现
仿佛才是宋、元，忽又经历明、清
一匹瘦马在西风中扬起
清脆的蹄声，惊起一路枫情

铜铃山

不顾春夏秋冬，不惧风雨雷电
你痴痴地守候在村口，日日夜夜地
呼唤着远方的恋人，盼望着
他能够尽快地赶来赴前生的约定

你用最温暖的目光守候着
恋人归来，竟把自己凝固成一座
巍巍大山；你深情地呼唤着恋人的
名字，把自己银铃般美妙的声音

也呼唤成了沙哑的铜铃声

你远方的恋人终于随冰月赶来了
亲爱的请莫再忧愁。今夜就请
嚼着星子下酒，干一杯，再干一杯
在甜蜜的交杯酒中，在你汪汪的
眼眸里，你的恋人醉成了琥珀

飞云湖

深入蟾宫
终于斩断滚滚红尘

青山屏立，阳光念着禅语
白云轻轻一飞，湖水便一遍遍地
涤荡着人们尘封的羽翼

剔除愁苦、怨恨、贪婪和欲望
剔除执着、痴迷和爱恋
一群白鹭在云虹飘渺中追逐嬉戏

文成之诗，兼致诸友

◎江　晨

暮色，或者雨后的文成，兼致慕白

随意文成大峃镇，泗溪河两岸
涌入眼帘，是光，明晃晃，黄灿灿
垂柳、绿树、楼房……倒影水波
一溪明亮，与金黄，之上，是小山；
之上，是千秋塔；之上，是群山；
之上，是云朵；之上，是蓝天……回转
停顿阳光酒店，八楼远望，雨后
一溪清澈，山野葱郁，之上，是嫩绿；
之上，是碧绿；之上，是青绿；之上，
是雾白……近山，远山，千秋塔
若隐若现，恍惚，白鹭翻飞，仙鹤翔舞
万山之巅，洞天福地……乃文成焉
慕白说："好诗人都在来往文成的路上"
此言不虚！我不是好诗人，也在
前往文成的路上……而慕白，怀抱诗歌
已从一个叫包山底的村落，沿着
飞云江的流向，奔驰阔大的海洋
或者，攀升诗坛的峰峦……

百丈漈观瀑，兼致霍俊明

与想象殊异……远望，云上白练
垂落峭壁，似静非静；近观
集群羊羔，秩序奔走，似动非动
侧目，巨幅绸缎，悬挂前川，有形无形
……恍惚，一漈光阴，过去的，眼前的
将来的；缓慢的，急促的，咆哮的
雄浑的，奇幻的，幽深的……

嗨，有趣的灵魂终会相遇
譬如霍俊明与我，他居皇城北京
我隐浙南龙泉，相见文成
还一起百丈漈观瀑……虽然
他通常俯瞰，我习惯仰望
气息，相互贯通瀑流，一波三叠
或银河倒泻，或心无挂碍……

春日，安福寺，兼致达照

抵达时，雨止放晴
天眼睁开？抑或佛光普照
顷刻……长途困顿消弭
连日散乱凝神，樱花、玉兰
牡丹、茶花、桐子花，古树新绿
修竹拔节……光线琉璃，梵音缈缈
药师佛，日光菩萨，月光菩萨
十二大愿，上达下照……噢
光环，祥云，远山，心安即福
静思，远虑，涵养，我已非我

铜铃山秋色赋（外一首）

◎金庆伟

隐遁者多数习惯了沉默
山梁道道溪涧九曲
有谁问道牧羊姑娘
向上的阶梯，借得了黄昏呓语吗
深红的蛇果
是否留得游园里的惊梦

一瞥惊鸿
沉醉了山川暮色
混迹于南田江湖的刘伯温云游去了
富家祠堂高筑梧溪
在深闺养肥秋色
冷了星辰
响了泉水叮咚
唯有烟雨拂面
方见秋色荡漾

欲赋秋色却比霜天凝重
和深秋的雨同时抵达的
不只是手挽的恋人
不只是关于铜铃秋色的寻找
泼墨写意

弹拨和弦
徐霞客若可抵达
也能在荒凉的地图标记
让铜铃当当回响苍茫岁月

天顶湖的某个下午

天顶湖的某个下午
淑女了秋雨，清照了竹影
这个时候，湖水平静
平静得让我想起刘基在南田
开荒种菜，替乡民占卜
若骑单车的邮差把草拟的《铜铃山秋色赋》送至明朝
这寂寞的雨
就不会把炊烟敲打得一波三折

伸手抓云处
煮茶，听雨，看白鹭
或者诵读《卖柑者言》
一同云蒸霞蔚的还有箴言
鸿儒白丁皆可宠辱不惊
神也会往来于白鹭的归途
借道天顶而纵身一跃
不只寓言或传说
英雄从来和凡俗有所不同

百丈之漈
婆娑起舞
为一个故事

秋色在我和你的今生平分
一面湖水逍遥处
胜了神仙觅得眷侣

这寂寞的雨
某个下午
窈窕为淡淡的烟火
瓜洲的泊船
能否渡得湖水彼岸

从红枫想起了一场春雨

◎花无依

谁能让秋天掏出体内的金子
包括实词虚词，名词动词，形容词
谁就掏出了一部唐诗宋词

一些婴儿，还不敢降生
一些老人，来不及逝世
而一场春雨，却先于秋风抵达了秋天

雨，这万物的始祖母
让稻子受孕，让石榴怀胎
但我至今不知道这场雨的真实姓名

跟定一场雨，一路向南
从北京到文成，从春天到冬天
我的故乡，就在畲乡的一粒种子里

在秋天深处想起了一场春雨
就在这场雨翻阅完文成的最后一方山水时
一棵古道尽头的枫树，又红了一次

文成县在山中（组诗）

◎华白碱

文　成

很多很多年前，太多的西风
在这儿吹啊

吹着吹着，就把一片片阳光，吹成了文成
吹成了胡琴的声音

白云在听，大雁在听
尘世在听，百姓在听

都说八山一水一分田
可他，可是刘基刘伯温的化身？此刻正坐在石头上，怀抱着另一把胡琴
一弦接一弦
一曲，铜铃山
再一曲，飞云江水

在山中

不见刘基，不见大明文臣一样的
西风、流水

只见头顶一片天

不知铜铃山的石头在思念谁，也不晓飞云江的流水在寻找谁
只见春天到了
树枝上停歇着，文成的朵朵桃花

在禅寺

我找寻大海
大海找寻三百年前，住我隔壁的女子

多少香客，多少钟声
在回荡

风还在吹

风还在吹

村舍、小镇、稻田
略起皱
一大张哗啦啦作响的中国画

风更猛了，可有镇纸
压这画卷

我正担心呢，却见不远的前方，渐渐隆起
三五个小山

在客栈二楼

咕咕——咕咕——
布谷鸟在哪儿

临窗望，淡蓝淡蓝的天空，轻轻垂下
杨柳丝

铜铃山，还你小时光

◎黎大杰

百丈瀑

纵身跃下，那些飞溅的水珠，选择了义无反顾。

阳光照进身子，让我明白什么叫做若即若离和归途。

百丈瀑，是铜铃山张口吐出的一朵莲花。

或许，我会去山中寻找一个角落，去盛放一股清新的风，让我内心的翠绿，从上至下，堆积成久远的神话。

山中虽一日，洗心却一世。

更多时候，我们会因曾经的一无所有，而不怕失去现在。铜铃山的阳光，是我们取之不尽的一抹缓慢时光。

流水重复着流水，流水堆落到流水之上。

流水堆百丈，处流水之巅，已无决绝。

相信我吧，我们都是飞瀑的仰望者。

其实，对于我们这些凡夫俗子，彼此只需要一面镜子，就能照见另一面的我们自己。

铜铃寨

比起那些残砖破瓦，铜铃寨，孤悬于岩崖之外。

比起抵达，我已让一些凡世所羁绊。

我们都是一些让时光的碎片拼接而成的石头，我们都是泥土的叛逆者，我们都是世俗的对抗者和孤傲者。

我对寨子里的事物满怀敬意。

我对安详视若无物。

在铜铃寨，我们就是自己内心里的佛光。

那些在洞穴之中谋事的蚂蚁，那些在黑暗之中发着狰狞大口的金银玉器，都让我踩在了脚下。

我知道，我在我的精神领地里建有一座自己的山寨，我就这样长期地统治着我自己和我的臣民。

壶 穴

阳光抛出一柄剑。

“唰”的一声，有那么多的风，以及鸟鸣从天空裂缝漏下来，进入铜铃山腹地，让那么沧桑的轮廓，那么幽深的内部，和那么清亮的晨光包围。

我是壶穴里让翡翠锻打无数遍的一滴水，我安静地寓居铜铃山深处，我在等待一场豪雨的浩浩荡荡，带走我。

我看见，岸上有那么多透明的人往我身上扔阳光。

我看见，有那么多寂静堆集在我周围，簌簌地，不着一点痕迹。

此刻，我猛然发现我是让阳光包围得令人窒息的一滴水，我正试探着踏上陈旧的树桩往壶底前行，我发现头上长满杂草。

我多么希望将满身的草屑藏匿起来，我要在秋天到来之前，去赴一场花的约会，去隔空或分裂一个一个平凡的日子。

我时常警醒自己，不要急着分行，那些壶穴中零乱的水滴，都是江与河在铜铃山的败笔。而山上，每一位匆匆而去的时间过客，都没来得及醉饮一壶春光。

对此，我已知足了，我的身上落满那么多喜欢和不喜欢的树叶，我想，这些都是我在流水中捡起的一声脆脆鸟鸣。

至此，我是不敢轻意将脚放进壶穴中去，我怕这脚的邮戳盖下去，满壶的翡翠就随着神秘的溢口遥寄去了远方，而再不见。

铜铃山，我要还你一壶小时光。

铜铃山的水墨（组诗）

◎刘群华

太阳是落款的印章

在逶迤的山峰边题上几个字
字可行书，可楷书

在平地的牛羊前留个白
可一千句话挂在牛角，可一万笔挂在羊角

太阳是我不可遗失的印章，只有它
才能坚贞地证明，铜铃山是我画的
然后，送给匍匐而来的人
然后，都吟唱着慈悲而去

画中的约定

山花铺的白纸，风做的狼毫
墨砚像一轮太阳，磨了左边磨右边

我疑置身一幅三千年的水墨古画
站在铜铃山，续写我与她的婚约
约定如下：不管贫穷还是富贵，我都在这里

一直等春风融了，草木佝偻

溅出一只飞鸟

邻近的那树花，我把笔搁在石头上
想问他的高寿，问他插入土地的根须

苍虬的一枝，指向飞云湖
盘节的一桠，坐着铜铃山

唯有风，吹乱了一池水墨
溅出花树中的一只飞鸟，叽喳地惊叫

涂白的野花

一张纸的颜色够了，花蕊就借三分黄昏
我想掬一手清水为露，滚圆树下的那一瓣落英

一只蚂蚁在土岗呐喊，草当成了它的旌旗
一只蜂不屈远古的烽火，提戈插进历史的深潭

潭深不及膝，却淹没了无数的烟云
那朵绽放的野花，蜜，甜在后方蓄酿

文成火焰（组诗）

◎李　栋

铜铃山

飞云湖畔，寒叶浸满了浓霜
船是那么小
怎么载得下这漫山的红妆

夕阳像块磨盘
慢慢地被抬离深谷
三千里加急
送信的人
摁住心中暗藏的火焰

龙麒源

暮色中赶路
桦木林脚程更快一些
它刚刚收缴了几缕鸦声
随即抛来一块巨石

草木入戏很深
神色略显些慌张

它也找不出新鲜的比喻
匹配这段凄婉的秋风

山核桃刚刚挂果
野草莓已经绚烂地红
真想赊来一段光阴
换回三两虫鸣

交予先行下山的人
倚着山泉点一堆篝火
温两钵老酒
款待这一生的嶙峋

红枫古道

秋天的崖壁上，爬满了枯藤
一串串叶子，颜色金红

更红的是个婆娘，跑在最前面
返身照相，举着个剪刀

隔着十几个堞楼，我就听到她的笑声
还是那么嗲

百丈漈

秋天破败，浮云跳着脚
落于湖面

光线始坍塌
写下这一江溃败的流水，和
野渡

水溺于水，高于尘世
而低于尘埃

风，起于迁徙
复归于静谧，使波澜
不惊于心

离散是迟早的事，类蝴蝶
类孑孓
类萤火中的舍利

观瀑台

小坐，微醺
暮霭淡青
风吹向既往
山色愈发迷蒙

远远地有鸦声传来
深一脚浅一脚
仿佛在赶路

在铜铃山，与时光同醉

◎黑　枣

如果我选择春天去铜铃山
我就会先泡上一壶清香的绿茶
大自然是最慷慨好客的老人
事先准备了一个个壶穴做杯盏
水掬自瑶池，茶从峡谷生
一杯解乏，二杯清心
三杯送给一首诗歌当韵脚……

如果我选择夏天去铜铃山
我要把蒙尘的肉体脱在千里之外
我要带迷惘的灵魂去接受洗礼
天竺桂背得出最完整的圣经
银钟花藏着一段振聋发聩的钟声
空气可沐浴，草木有清馨
只需一个意念，我就脱胎换骨……
如果我选择秋天去铜铃山
我一定是为了追寻爱情而去的
她美得一尘不染的模样像传说一般
我始终不敢轻信自己的眼睛
当明月从一棵树梢滑向另一棵树梢
当茂密的丛林里跳出一只惊慌的野兔
我的心啊！瞬间跑遍一座牵魂夺魄的铜铃山

如果我选择冬天去铜铃山
如果我去的时候，刚好遇上一场雪
我听见雪被下竹笋的鼾声、草根的梦呓
喜欢踢被子的小动物们的心跳……
有思想的风景有更迷人的另一面：
它掩上华丽的一页，像大海
更像万籁俱寂后，辽阔无比的天空

哦！无论我选择什么时候去
在铜铃山，时光与我同醉
无论我去，或不去
铜铃山就像一个美丽的梦想

文 成（组诗）

◎李俏红

铜岭山瀑布

山水轻易嫁接了我的灵魂
大小瀑布成为回响
大雨如注大声谈笑
一掷千里地奔腾
行到痛处
水成了一潭丰润的滋养
年轻狂躁的我
在不同的路口徘徊
仿佛漫长的一生
就在那些瀑布里
暗藏私奔的勇气

平静的水面下暗河汹涌
我叫不出林间野花的名字
忘却了曾经的来路和去处
忧伤的人儿在前面行走
我不敢在铜铃山上迷路

遥想那迢迢的水路
每一个弯处　都可能

遇见一见倾心的美丽
人到中年　褪尽荣光和虚名
涉过所有的花花草草
一路流淌到山脚
然后抬头　看见眼前
满畦的芹菜、萝卜
以后的日子
我们依然粗茶淡饭
相依为命　甘苦自知

天圣山安福寺

我不曾着僧袍
却无限热爱这里的修行
时间不为任何一个人等待
哪怕你正一天天老去

灵魂无证，却日益沉重
天边那朵云翳
带着我的肉体和灵魂
在晚风里渐行渐远
我在寂静中重生的
只是低头那一滴泪水

此刻风是盛开的
绝口不提生活的琐碎和辛苦
尘世里的故事和人声
不是我的，也不是你的
那些浅薄，正一点点离开

那些天真，我一点点靠近

好多白色的栀子花
在檐下以飞翔的姿态守了一世
我的脚下
是如此广袤的宇宙和苍穹
我的头顶
是宇宙和苍穹的另一半
两者之间
是安福寺和我
还有那些往低处去的慈悲

百丈漈的水

绿色有野茱萸的香味
和松鼠的活泼
在草叶间跳动
有时热闹　有时孤僻

它喜欢随意改变方向
喜欢随意变幻形状
喜欢各种刺激
喜欢狂野的冲刺
像我们复杂的人性

它把远处的山脊线拉得更直
比我们的脊梁骨坚定
以山石为琴　云朵为谱
弹奏天地的圣洁高远

百丈漈的水
如一匹白色的野马
在空中奔跑
落下时像炒豆子般欢快
虽然它和泪水很像

文成刘伯温

行走在文成街头
想遇见你
他们说你是文成人
可我一直没有遇见你

我在青田石门洞遇见过你
在浦江桃岭村的族谱上遇见过你
还有那些民间传说
和刀光剑影里遇见你

只是我在文成
没有遇见你
我在南田镇看山脉起伏
在井水前沉思
我不知道你去了哪里
是不是会回来
我真的不知道，为什么

在文成，你属于谁
历史的一册黄页吗

族谱的一个名字吗
还是蛰居隐退的那缕秋风
这么多年过去
你的名字被说得透亮

只是　在文成
我真的没有遇见你
生命来来回回
总会错过许多
原本想要的东西

清明茶（外三首）

◎卢　辉

活的茶
肯定是活的人去采的
左来右去
畲乡的茶香
不是图片
不只是拿来绿化祖国

茶香满园
要的就是十七八岁的畲家闺女
下手柔，但不婀娜
枝桠会动，但不多姿
这样的采摘：那茶
就清明了

我是飞云湖的箫声

我是飞云湖的箫声，压不住的春天
只留下声音的位置

纤手栖息，桃花
躲在岛上妖娆，生儿育女
我留在一曲曲歌谣边缘，成为文成的后裔

长歌短曲，爬上眉尖筑巢
谁不是一缕音符，一股春风里的
一瓣瓣桃花：只认在枝上攀亲

烂漫，凋落都属于箫声
我是飞云湖上
最后音阶里的歌谣，手心向下，江南在上
我喃喃自语的一刻：周身飘满
芸芸众生

水磨坊

水是从山沟沟里流下来的，那么
它的清澈
你舀一勺
多么开阔的河床

只管把黄豆加进去
圆圆的
柔柔的
一个挨上一个
从不回返

那是顺着石磨的洞口
流下去的
畲乡豆浆，它属于瀑布

安福寺的菩萨

好像听谁说过安福寺的菩萨很灵异的
我很好奇，就因为菩萨光着脚
露着肚皮，不吃不喝
一直坐在安福寺
化解一件又一件杂七杂八的
国家以外的
难事
香火袅袅
到了安福寺，据说很多香客
都要跪蒲团，拜三下
看看菩萨是否指尖朝上
眼低手高

这样看来
安福寺的菩萨也不见得省心
因为肚子大要撑上好多船
面相好要顶住八面来风
眉清大耳
还要留给香客
当个界碑

镜 中

——兼致文成

◎李满强

1

那一日我在廊下观书，忽见一只白鹤
自屏风上振翅而出，鸣叫如长笛穿云
径直奔东南而去
那一夜我在北方故地，杯盏散乱
犹如大梦初醒

2

梦见一个峨冠博带的老者死了
他的青衫之上，缀满帝国赐予的宝石
他的肠胃之中，塞堵帝国孝敬的毒药
“即便功成身退，也不得善终……”
有人弹冠相庆，有人痛哭失声

3

他们说，好诗人正在路上
好诗人，也正在去文成的路上

文成，文成
一截哽在读书人喉头的鱼刺
天下书生掉头南望

4

望见至大四年的武阳村
这弹丸之地，居然
稻粟遍地，清水漫流
那婴儿呱呱坠地之时，可曾有
紫光盈室，星辰明亮

5

《春秋》何解
《六甲天书》何解
《奇门遁甲》何解
无非占卜与算计
无非攻伐与守成

6

十七岁的白衣少年
早已看到江湖凶险，群山狰狞
便直奔上游而去。那青山之中
竟有裂帛之音，竟有坦途
可通世俗山顶

7

“学得文武艺，货予帝王家”
饱学的元统进士
江山已然憔悴，岂可容你
明火执仗。好在西湖散淡
可容你往来酬和，偶避风寒

8

“鹤鸣于九皋，声闻于野”
玩积木的老男孩，在西湖边不断尝试：
“家国、匹夫、天下……”
积木起立之声
恰好被一个心绪烦乱的凤阳人听见

9

是时候了，纵然许多光阴虚掷
纵然他是草莽出身
然“王侯将相，宁有种乎”
且从了他。且在江湖之中
以身饲虎。操练攻伐之术

10

迷雾自此拨开

一曲《郁离子》，天下皆姓朱
所有的占卜和预言得到应验
那时的御史中丞啊
可曾料想飞鸟已尽，良弓须藏

11

尽墨者必黑。近朱者
却未必赤
天下是他一个人的
关尔鸟事
大幕已然合拢，仅余告别

12

好在还有青田旧居，有
十亩南山，有那昔日养鹤之地
可以归去。江湖虽大
大不过帝王之心
故居虽小，尚可书写残简

13

廊下观书那一日，杯盏散乱那一夜
也是春天。此后数百年
每每杨花翻飞之际，我都要朝南拜祭
以此来祭奠一个谋士的死去
以此怀念，一个书生的荣耀与伤感

14

百年之后，谁又喊我
托生为一刀笔小吏，蜗居北方
于纸上涂画星空，于词语之中
寻找归途，亦于杯盏之中
觊觎明月山峦

15

但南山梅花已谢。春日
充斥沙尘与虎狼之声
有人在墙外纵火，有人
在屋内聒噪，更多的人
深陷物质的黑暗，不可自拔

16

《诗经》何解
《九歌》何解
《归园田居》何解
可我身处下游，身处
乌鸦与麻雀的丛林

17

想那清修之时

你也曾用百丈漈的流水濯缨
想那踌躇之际
你也曾将铜铃山的栏杆拍遍
出入之间，动静之际，近乎虚妄

18

“世间安得万全策，
不负如来不负卿”
40年倏忽而过，百年之后
一个悲观主义者的喟叹，亦将归于尘土
而他小小的悲伤，仅仅
源于热爱，源于内心一丝不舍的执念

19

那就去看山水吧，忘情于
杯中那短暂的眩晕与颤栗
纵使每一年，雷霆
会在眉目间炸响。纵使每一日
白发都会在镜中复活

20

我要动身了。你看那落日低悬
如忧戚的孤独者
我要动身了。你看那白鹤于镜中起舞
如披头散发的未亡人

铜石岭抒情

◎顾彼曦

翻开历史，眼泪从铜石岭上流溢而出。

清澈是一种情怀，懂得故事的人不多。

不要小瞧神的传说，有时候比毒还要深刻。

站在铜石岭上，叩拜一块石头。

比叩拜一尊菩萨更虔诚、寂静。

站在铜石岭上，可以目睹一片云朵把整个天空压低下去。你想要的蓝，在离大地越来越近的地方，收入眼帘。

在铜石岭，炊烟懂得与落日媲美，蝴蝶懂得与花朵争芳斗艳，燕子永无停息地飞翔，它要把翅膀印刻在铜石岭的角角落落。一只燕子的梦想，是一个铜石岭的梦想，也是一个民族的梦想。

在铜石岭，延绵不绝的山峦啊，站在你的上面，我们不再是卑微孩子。

在铜石岭，每一条山川，每一条河流，都应该被记住。

在铜石岭，叩拜一块石头，如同叩拜一段历史的浮沉。

在纯情山水间吟唱

◎林文钦

穿行于大地与蓝天之间
我的嗓子开始冒烟
铜铃山景是一杯茶饮
清幽山水为我解渴
我为铜铃山水赋诗

让美好的风景入诗
让绝伦的风情入画
我喜欢在漫漫尘嚣中
听山间竹林的呼吸声
我喜欢在铜铃山水中
听一位畲女的吟唱

置身山色与水色间
我变得更有悟性了
禅说色即空
我的魂灵却是激流的山瀑
溅成水花中晶莹的一朵
不知是畲女有情调
还是山水更有风情
在山色与水色之间
我发现自己也是一道风景

如果风景是东方神话
瞬间照见我的灵性
在山色与水色之间
我宁愿守望成千年的绿树

醉人铜铃山

◎刘建华

或许，这是世界上最大的铜铃
她摇响了千年
那从历史深处传来的声音
始终飘荡在昼夜不停的山风里
她以奔走召唤的姿态
让世界的目光
循着她的传说而来

林茂谷深的铜铃山
向前走的每一步都是醉人的风景
抬头向上的每一眼都是陶醉和诱惑
我能感受到
那铜铃之声来自卧狮岩的怒吼
来自虎口二瀑的激流
来自小瑶池高坝的飞虹和灵崖
来自密林深处的铜铃山寨
是她让飞龙入沟不再回头
鳄鱼走进深潭不再返乡
牯牛钻进深山不再出来
铜铃山让人沉醉不知归路的
是山涧流淌的一掬泉水
她那响彻千万年的铜铃声

以童年手腕铃响的催促
让所有走远的人
在母亲的惦记中回家

红枫古道

◎林乃禅

秋絮翻飞
条条红枫古道
曾是阿妹采下的虹
揉碎轻扬
洒落山野间
醉了一方山水
醉了多少少年郎

此刻，阿妹
就站在古道的风里
裙袂飘飘，长发飞舞
红枫点燃她的美丽
木屋渐冷，土墙颓废
少年郎去了哪里

一片红叶轻绕指尖
一场秋雨
轻易就击败了夏
雾气漫过青石板
苔藓开始斑驳
朵朵盛开的伞花似火
是谁在拾级而上

跫音渐近
一声声叩响阿妹的心
古道已向晚
红枫燃烧着孤寂
阿妹的闺房紧闭
相思如豆
如期亮起

诗意文成（组诗）

◎庄海君

曲调：红枫古道上的时光

走在回乡的路上，渴望抓住这些红枫的时间
落日在缩小，声音在缩小，风景也在缩小
山岭颤栗，晚风悠悠，山上深，山下深

一道弯，一道坎，一座驿关，一座古亭
七十多春秋与轮回，摸着古道，喊着往事
3000多次仰起眼神，把行走的语言刻成石碑

盘绕的火多么深情，朝着路上的身影追逐
在日子的眼里，我们都是你的方向，寻找着
才能找到那处遗址，把故事还原

散落的碎片堆成时光，堆成文成的历史
一卷一册，如时间的瘀伤，透着几点浪漫与寂寞
一抹抹马啼残月的声音，消逝在一条关隘古道上

还需遇见多少个路口，迁移多少次的梦境
任把秋日放逐在季节以外，古道深，枫叶落
风起多蜿蜒，我们还在大会岭上相望相守

情节：在铜铃山上思乡

铜铃山的梦是轻的，从山脚的树影数起
晚风边缘，夕阳依然红，饱含一山的沧桑
或一城的繁华，没有一种日子是多余的

是一条青石小路，悄然走进秋天的眼眸
在时间之外，画下蓝天白云的记忆
如果我是一条河，有着壶穴瀑布的高度

今年重阳，阳光重叠着我的往事
用满地的身影祭奠这一段流觞的岁月
再一次用落叶唤醒晚秋，与森林栈道的光芒

在铜铃山，删除生活的繁枝末叶
我是一个从梦里出逃的人，独步黄昏
山顶有风，风是山静默的一种心情

满目的绿线条，漫天的蓝旋律
以草木的形式，从亭台泉池走出来
收集声音，卸不下天与地的辽阔

翻过这个山岭，就能察觉文成的秘密
不远处，“飞虹”“斗潭”，与我们遥遥相望
应该有这样的一个情节：月是故乡明

韵脚：在百丈漈，我们的身体一落千丈

鸣下一山的秋色，拖长身影，一漈二漈三漈
灵魂百丈落差，满脸的表情全是刀光剑影
仿佛从一段传说里抽身，成为尘世的第一声惊雷

于水花之上，闪现出前世的模样与来生的情感
朱阳九峰，山坑三瀑，或一些盛开的时间
平静地吹送着，在我们的身体，许多方向都在飞翔

从存在的形状开始，来源于洞宫山脉的落影
在百丈漈，我们的身体一落千丈
说出的故事像一片流云划向了天边

能够听见的，不是湖底的月色，不是峡谷景廊的梦
也不是刘基先生行走过的往昔，风湿了
静静地呼吸着，路上总有些深浅不一的人

面对百丈飞瀑，沉寂的时光里有梦的印痕
还有旅途上遗落的情怀，整夜的搬运着风的语言
记忆里，故乡是一首献诗，住在一滴水花里

梦境：龙麒源的桃源情怀

走进这片美丽的畲乡梦境，我们开始怀念
以阳光的高度，潜进山水留白的眼神
驮湖，驮湖，一个个传奇的故事

不远处的一场秋雨，让我们怀抱大地
把往昔深深地读成乡愁，从身体出逃
一些风景在路上成了时光，与畲乡文化

来不及说出的色彩，有太多的想象
或高或低，或低或高，身影越来越厚重
重叠着，呼喊过的时间又回到了老地方

这么些年来，默默地守望着一片土地
与一群人，风雨修改的乡情背向天空
畲风追着潭影，握住日子的另一端

在翠湖的视野里，世界如此辽阔
还有那一抹夕照，怀揣修辞的语言
与桃源的情怀，贴着故事里的足迹行走

十里画廊

◎刘继成

在文成之乡，你站在飞云江畔
种下满山的姹紫嫣红。于是
我又相信丰腴的收获了
红枫含满羞涩，那是别人手中的花朵
一把伞撑开了来来往往的梦想
在铜铃山的葱茏里。转来转去
是我渴望想你表达的心语

昭烈亭，有时像天空的云彩
在夜色里濡满露珠，悄悄地飞舞
一年又一年。忠贞炽热而楚楚动人
这些细节，铜铃山从不对我说

压在枕下的枫香，每一枚都是圆月
仰望银河的汨柯，追赶时空里的太阳
袅袅炊烟吹老了我的双眸。云雾细风
朦胧了春绿秋红的文成，妩媚了
瓜果飘香的生态采摘园

你经历的，我都记存在心里
每一枚红枫的生长，都有风雨沧桑的羁绊
隔着时光，依旧感知着你的忧伤

你掏出一方红手帕，顺着时光的车轮
碾过岁月，碾过心柯，而我在两者之间
陷入农家田园的生态画廊

夜访百丈漈瀑布

◎刘亚明

这让我想起——
临近过年。哗哗的水龙头，一直
不停。挂钟时针指向明天，母亲的两手
还在洗衣板上用力地揉搓，发出持续的声响
仿佛只有这样才能洗净夜色
也仿佛手里的衣物
和她不共戴天
她大汗淋漓
冲洗拧干
然后，才长出一口气
看了看躺在土炕上的我们

百丈漈观瀑

◎黄照焜

阅尽岁月沧桑
苍山经一生情感酝酿
喷而为飞瀑百丈
惊雷伴珠玉飞溅
涛声藏金戈鏖战
看得见明史的风云际会
听得出刘基的伟略气壮
一漈雄、二漈奇
三漈景幽让人赞
千尺银练天顶降
七彩虹桥峭壁悬
水帘洞下百丈潭
龙女妆台惹思量
洞宾造化遗人间
峡谷深壑绝色藏

悠悠天地飞瀑吟唱
水润万物大爱无疆
这是一支充满魔法的乐曲
我的一颗心已化为花瓣
涤尽尘世的情愁爱恨
随流水跋涉于大地苍茫

文成是一壶酒（组诗）

◎卢建平

过文成红枫古道

琵琶太长，枫叶已弹红手指
音阶太多，石头也记不起相聚的时间
满地都是柔软得没有骨头的诺言
每张一次口，季节的和弦便成枯蝶纷纷

你是让我做红尘中风情万般的微笑吗
一如深秋怀抱的阳光
一遍遍数落一个王朝褪色的背影
还是做闺阁楼头望眼欲穿的回眸
像冬日玉簟上翻红的被服
洗不去辗转反侧的相思愁肠
多么想一次次挽住你一步一回首的手臂
用鸟声留住你曲折幽深的脚步
或者靠着你错落有致的肩胛
用亭廊消融你跋山涉水的疲惫

然后，日复一日年复一年
月光到来时
就做那些沾在你衣角上的寂静
等候晨雾降临
为你递上在歌声中反复洗过的围巾

文成绿道行

绿就绿呗
却偏要娇出这么多嫩黄
花也不落后
开着开着就得意忘形了
那么多颜色都拥挤在通向桃源的路边

一截枯木湿润了
好多落叶在围观一个明媚的故事
哪里才是你必经的小径
鹅卵石将劝说蜜蜂或蝴蝶慢下来

慢下来的还有竹排的心思
岁月深处的点滴
被一竿金黄的篙反复提起

一条清溪的荡漾
要拐多少个弯
才会吐出春去春来的全部含义
一句话在熙熙攘攘的码头，噎在喉咙
如一只北归的鸟，张着尖喙
却叫不出那个岛的名字

春到文成

大片大片的叛逆
是油菜花煽动的

而蝴蝶还没有准备好送嫁的花衣

假如草地已经准备好去冬的马蹄
你将拿什么去发起颜色的接力
风把单恋的心事写成涟漪
交托一枚落叶，还是嘱咐给鸟鸣

弯弯曲曲的路通向春天
春天又通向哪里
梨花丛中的笑声比阳光透明
容颜还没准备好皱纹
花辫已顺着风的手指染白两鬓

文成是一壶酒

在文成，许多人喜欢说到壶
说起壶
借一只壶底的旧船便回到了明朝
其实，无论什么朝
都不可能有今天这样的阳光
随便扯一把轻岚
就可以将天空洗得一蓝再蓝
然后，在壶底
等待秋风将自己酿成一壶状元红或者女儿红

是的，不知道壶的人
不会理解那些风滚过松树梢顶的涛声
一浪一浪，会把你的身体托起来
又放下去

就像是酒刚酿成时打开的壶盖

这时，你可以先将自己的身体
翻晒成一粒谷，一粒文成的谷
翻来覆去让阳光晒遍身体的每一个角落
等下一阵风来
你就由谷酿成一壶酒了

刘基也是一壶酒
所以明朝有点醉意朦胧
把所有的春夏秋冬
都叫做文成
就连一条落差百米的水
也叫文成

我不赞成
壶底风光，天下一绝
我喜欢
将天下所有的美景与美酒都叫
文成

铜铃山前

◎龚远峰

春风又度　刘郎不再
桃花依旧鲜艳如初
铜铃山前　哭着跑开的
却是酷爱赏景的诗人
水流渐渐细小
山的创痕不忍目睹
铜铃山泉养育的鲜鱼
还在异乡打探归程
黄昏　斜风细雨
相邀一个远去的诗人
青梅煮酒　并用烈酒
为铜铃山的伤口消炎止痛
愁肠与翅膀
被一杯烈酒洗涤
渔夫不明真相
仍在铜铃山前遥想当年诗人们的吟诵
一行白鹭　在渔歌中穿行
清丽的诗句
被沙尘刮得支离破碎
赶紧解开蓑衣　收容花瓣的惊魂
只是笠帽只能舞在高空……

红枫古道（外二首）

◎刘世军

终于，还是喝高了
红彤彤的，古道顿时
年轻了许多

枫叶仗着酒意，轻飘飘地
追着春天的脚步
一心，要做春天的使者

百丈漈瀑布

未入文成，已闻
百丈漈的瀑响

一漈通天百丈高
从天际，一滴水珠
飞溅下来

不小心，我被传说砸中

谒刘伯温故居

刘伯温，五百年
才出的一个民间传说
占了中国半壁江山

此刻，他的故居和我
只是中国地图上的
一个黑点

铜铃山的虚构与真实

◎吕　煊

阳光的温度，浮于山色
笔墨在时间的缎面上沉淀
留下的都有望成为永恒
人间是有春色的，我从来都不质疑

铜铃山的春色，山水的长短句
诗歌，是现实和幻想中的一座桥
她习惯匍匐，让我学会接近地面的飞翔

让那些流水般远去的自己
回到我们的内心，你可以选择来铜铃山
铜铃山是一座山，她呈现书香的水色
铜铃山，她一直就在那里，聆听
归者的每一步微小的响动。俗世如尘
活着的人世，淡泊是多么的不易
片刻的清醒，也是良师的警示
铜铃山，不仅仅是一座山
她的每一块石头都散发禅意
累了，就要学会躺下
风中的言语，有些人一辈子也未必听到

遇见刘伯温

◎罗来玉

那时，我四岁
几户人家的
茅屋外
夜漆黑，浩大
父亲挑亮金黄的油灯
映出您
告老还乡的身影
送别路上，徐达
获赠“庆功楼上紧跟主”的
秘籍
躲过中秋节
焚烧庆功楼的大火……

父亲把您拉到
我们面前
您一下子变成
星星
每夜在我家矮墙上空闪耀——

几十年过去
一个晴朗的早晨
我听见文成遍野的小草

身披“三不朽伟人”的光泽
温情地簇拥着
交谈《郁离子》

百丈瀑感于您
而咆哮绝壁
七百多年
以蛟龙卷海万马嘶风的气势
追寻尧禹

飞云择
天下第六福地
仙居
一袭自由白裙
绕湖抒情

沉默了七百多年
您终于走下塑像
走进2016年小阳春
九点的阳光
微笑着
招呼我们……

天顶湖（外一首）

◎若　水

从前来的时候，我听见了
鸟翅划过暮晚，有一片光掉进水面
但我无法知道
那些轻和重，快和慢
也不知道，那些需要呼吸的藻类
和落满灰尘的我们
需要用一湖水才能洗涤

绕过暮秋
山上的叶子变色。是风吹红了枫树
泛起湖水的蓝

水如隔世美丽的魔女
在她清澈的双眸里，飘着天上的云朵
也有咬紧嘴唇的时候
无论你是贫寒，还是富足
喜，或者忧
一湖水，有着同样的公平
你若再次来了，一边梳理山上的风景
一边给你多变的天空

百丈漈观瀑

云雾覆着南田山麓
白色的绸布包裹不住蛇龙蜿蜒的影子
穿出
便有腾跃
便有山鹰穿透天空的一角
把山岩笔直地砍下来
飞瀑垂下

一定是天穹飞抛三千丈银练
一定是密集的马蹄冲下山冈

站在谷底，一棵老树枝桠
咔嚓断裂的声音，在我的耳际萦绕不绝
比我事先的想象还要令人惊怵
而水击石穿，高树撑破光明
都在这个下午，让整座山发出的阵阵战栗
刺破我的每一寸肌肤、血液
和灵魂

与生俱来的孤寂
在此刻，似乎有一股巨大的气流将我托起
然后是被扔出去的一粒尘埃
即刻落入潭中
这种感觉，从未有过

印象文成（组诗）

◎乔　轼

在刘基墓前

你说累了
只想从此睡去
不关心刀剑的心迹

庙堂之上
自有明君在
江山一统
忌惮起杀伐的谋略
退隐也未必让君安寝
唯有埋葬
才能让江山永固

在刘基墓前
我想起了文种
想起了伐吴九术
这墓中的诚意伯
不过是洪武帝翻演的
又一出兔死狗烹的折子戏

森林栈道

阳光透过枝叶
洒落在曲折的栈道上
疏影斜栏
正好拾取鸟啾虫鸣

苍翠极目而辽远
淹没了游人的踪迹
唯有吹面的山风传送
树叶的味道

五百米不算太长
足可以存放
临行前的琐碎与纷扰

走向铜铃山的秀美
拥抱一段愉悦的时光

百丈漈虹桥

如果虹桥是桥
那一定通向天庭之路

七色凝成的飞练
浮悬峭壁之间

瀑是银河之泄

虹即是天际霞飞

一头隐没于水帘洞的雾气
另一头则挽起了七彩林的裙边

而苍山在飞瀑的怒吼里积聚着容忍
以水石相击的鼓点
作空谷的回声

天顶湖遐想

百丈漈的飞瀑失落于躁动
永远落入于匆忙的奔走
积聚不了内涵

九都岭上的天顶
群山环峙
怀抱一湖的安宁

天顶湖静如处子
矜持地蜷缩于重山之间

收敛起性子
只作山花烂漫的映照
描摹了山色
丰满了湖光

与九峰对视

耸峙是一种旁白
沉默是一种声音

在朱阳九峰
绝壁书写着逼仄
诠释着无欲则刚

与九峰对视
望峰息心

以沉默对垒更宏大的沉默
渺小了自己
时光以朝发夕至作了度量
奇峰只是日月的底衬

文成诗稿

◎孟甲龙

1

落日垂暮，峰峦陷入苍凉，却又如此干净
沉浮的水面滋养出光阴，与万种风情
借一瓣浪花，谱写关于文成的神韵
瓦解人类的疑惑，色染尘世的“红枫古道”
不断蜕变、回归，在涛声中跌宕起伏
风中的虔诚者放大了身影，匍匐
在奇秀的山峰上，比如诗意风韵
山水递给他们无限的膜拜，慈悲与旷远
智者在耳边悄悄诉说，关于
透明的水面上隐喻的人文地理，或天之道
一句诗，吹断暮云的彩带，让我陷入钟毓土壤
呼吸明朗起来，又一次次被秀水打湿
心灵的挣扎归于徒劳，我被山水的热情捕获
被文成的满地春光俘虏，跪拜与遥望铜铃风光

2

蓝图牵引着我的目光，在山之顶，在水之畔
火热的故事，更像一只海燕，低飞，徘徊

而平静的水面，收拢了尘嚣的枯燥无味
我不断翻阅山峰、土壤与石头
叩击奇峰秀水的灵气，不敢遗忘
在这里诞生的母性，哺乳出厚德载物
文成，俯仰之间铸就后世的信仰
从宣纸上流放开来，把水的神韵流放山间
升温，升温，再升温，让繁华
错落在水的音符上，带着传说在天际升腾
聆听铜铃山的经词，将人间的疼痛聚集而来
解不开的畲族文化，飞架天地
我的偏见，与这里无关，跌落在水中的夜色
赋予我新的安慰，我致力于追寻它的暖色调

3

我爱文成的旷野与仁慈，却又无法挣脱
它展示出的真与美，与干净利落
囊括了大地的花藤，修饰着生命
文成更像是一场虚空的梦境，却名正言顺
存在于人间，如同爱一个人
我爱上了好山好水，蹑手蹑脚般行走
生怕脚步声唐突了一山精灵，与水的悲怆
挣扎在人间，我与文成达成默契
背负星辰和浪花，摒弃经、史、子、集
山水勾勒出膜拜的内心，顿觉词穷
钟灵毓秀的文成，在宣纸上清晰可见
面朝大海，春暖花开，我希望
这是属于我一个人的狂欢，一只帆船
从远方驶近，带来远方的寒风与传说
而身后，被月色笼罩的文成更加光怪陆离

4

寻梦在文成的根源，抵达在理性的漩涡
朝圣，注定是一生完不成的夙愿
赋予一阕宋词，一句唐诗，把山水的故事
和盘托出，春风还未乍起
涛声已响彻云霄，跌落在水面，绽放光辉
犹如明珠，洒落一地光明，不断发酵
把前来跪拜的马蹄遗留在风中
遇见爱人，也不需太多的言语
只因这水是俏皮通人性的，我和文成
有同样的心肝和脾肺，比如故人
一别离，就是一千年光阴的绝唱
以素食主义者而居，山水超度了我
眸子里尽是春天之美，我的诗歌
跌落在土壤，词语有漏洞，内容与世不争

5

诗意山水不可再造，抬高了文成的头颅
成了仙山，我在此地落发为僧
做一虔诚的佛徒，栉风沐雨
在所有晴朗的日子，扼住秀水的命脉
尘嚣渐远，披星戴月，或上山，或下山
指点大江东去，每一滴海水都是隐匿的钟磬
与山为友，与峰为伴，摒弃我的疼痛
和野心，所有的血肉蜕变成千万种怀念
暴雨来临之前，我要用文成的钟灵毓秀

愈合被时光撕开的伤口与破碎
一点一点痊愈，原谅我不知天高地厚
把奇特的风情万种移植在自己的宣纸上
写下一句唐诗宋词，为一幅山水画祈祷柳暗花明

6

辽阔，在我的脚下弥漫向远处，更远处
宣纸上铺开的文字，只为亵渎水的风韵
山孕育出无数神话，每一部都扣人心弦
如深邃的夜，使我不断向文成挺进
水底的鱼儿也有身份，行人在水面上焚香
与水碰撞，摩擦出人文与地理的火星
逼近涛声，寻觅山的影子，与遗留的诗句
一曲高歌，沉重磅礴，把宿命寄托在此地
在山里涅槃重生，点燃生命的高潮
让隐喻的意象，明朗起来，博爱世人
以成熟的心智，考究文成的诗意山水
闪烁其词，剔除了所有黑暗，成就金字招牌

7

在铜铃山的峰顶，邂逅光明，涵养静笃
沉浮的蓝色旋律，融合我的幻想
远去的孤帆叠影，凭借风的托力
吹醒山的一群精灵，亲吻波澜与欣喜
钦定的文成山水飞架苍穹，容易渗透
人的心灵，我的精神没有松弛的前奏

朝圣和膜拜，轮流值班，赋予我清醒的认知
秀水从来都是安静的，更像是命运的盲区
囊括了我的悲悯，与文成的一切关联
天地万象，揣着海浪远游，如心中的信仰
又形同山的天空，收拢了人类的惆怅
夕阳西下，我坐在水边念经，依偎着峰峦
头颅之上，是萧索、苍凉、银光的雪
是有恃无恐的寒风，是属于众生的静穆与葱茏

大美铜铃山（组章）

◎路志宽

阅读铜铃山

屹立于天地间，你立地顶天。

用目光和心灵阅读你，我必须以仰望的姿势，和虔诚的心态。

你仿佛一卷绝世孤本，奇美险秀，就是写在扉页对你最简单的注释说明。

细阅深读，就会让人目不暇接眼花缭乱，漫步在你的行云流水中间，自己仿佛置身于一幅山水画中，只见绿树成荫花香四溢鸟鸣阵阵，如诗如画美不胜收啊！

就连过路的风，都舍不得走了，它放慢脚步，蹲在一棵树梢上，观望风吹草动。

大自然用自己鬼斧神工般的手，只是轻轻几下，就写出了一部这样的诗书，留在人间，供一代代世人，无尽地阅读，无尽地陶醉，无尽地痴迷。

这是一片天然的氧吧，这是现代人梦寐以求的世外桃源，置身其中，心就像摆脱世俗的困扰、静谧和悠闲，洒满这山山水水的字里行间。

铜铃山啊，你究竟是一部旅游相册，是一部历史典籍，还是一部诗词，一幅画卷？我不知道，朋友们，这个答案也许只有等你亲近她之后，你才会真正明白。

一棵树

普普通通的一棵树，紧挨着普普通通的另一棵树，他们排成排连成片，就集体托起了这铜铃山满目的翠绿。

拒绝喧闹，看轻欲望，每天只在乎蓝天白云莺歌燕语，于是心就洁净了，洁净的心，就会站在一种高度，就连铜铃山的石头，都心甘情愿地匍匐在你的脚下。

蚁群一样的人们，纷至沓来，他们心中各自有各自的欲望，于是迷雾一般的烟气，在世人的眼前，不停地飘啊飘！

你只顾独自站着，站成一位迎宾小姐的样子，容颜姣好，笑容可掬，欢迎着每一位慕名而来的游客，不问他们的来路，不问他们的出身，在这里你对他们一视同仁，你毫不吝啬地给予着每一个靠近你的人一个绿叶般的心情。

将自己的枝叶，尽可能地扩展，只为罩住芸芸众生，给他们一个绿色的心情，在他们心中植下一片绿色，让他们的心回归自然。

铜铃山的大树，就是一道经典的风景，他让你找到目光和心灵的归宿。

风吹野花香

被风吹动的，是一阵花香，还有一种心情。

散落在山间的野花，就是一点点遗世的风景。青的山绿的水，多好的一幅画面啊，就铺展在这巨大的铜铃山里，目光所及之处尽是惊艳的风景与满心的惊喜。

哗哗的瀑布，与淙淙的流水，是为风来助阵的，更是为花香来捧场的，于是听觉的、视觉的、味觉的大美感受一起袭来，让人一下子就会心甘情愿地坠入。

风一阵一阵，花香一阵一阵紧随，他们仿佛是相爱千年的情侣，似乎分开一秒钟，都是锥心的煎熬，都是刻骨铭心的思念。

赏山中野花，闻清风花香，饮一口山溪水，我也能喝醉。

为名来为利往，熙熙攘攘忙忙碌碌的世人啊，请打开你的心扉，接受这一簇簇野花，接受这一阵阵花香，还有那一阵阵清风吧，让它清洗一下你的灵魂，然后让你在风景如画的天与地之中，继续幸福地活下去。

猴王谷探幽

幽谷深深，山林密密，我们情不自禁地用探寻的目光，打量着这狭长幽静并且神秘的山谷。目光似乎显得有些不够用，就连思想也变得忙碌起来。

这潺潺流水，这清脆鸟鸣，这清风阵阵，静与动，庄重与调皮，梦幻与现实，在这里完美地统一，和谐地相处，谁都不影响谁的存在，谁都不影响谁的美丽。

岁月走过的痕迹，在这里清晰可见，仿佛你的每一步都会踩在一部历史书的文字上，似乎你的每一眼都能看到现实版的历史，猴王谷，让天地人心保持静谧。

往事长满青苔，峡谷之水，向更深远的远处流去，而那幽深，像是一个陷阱，我的心早已情不自禁心甘情愿地陷入。

百丈漈瀑布

是为名，是为利，还是为赢得仰视的目光和啧啧的赞赏，使得你在悬崖的尽头，纵身一跃，为此不惜粉身碎骨。

氤氲弥漫的水汽，朦胧了一双双世俗的目光，于是，一些人就被你轻易灌醉了。

脱缰的野马，发出一声撕心裂肺的长啸，之后跳下悬崖，那场景惊心动魄激荡灵魂。

注定要有一种精神作为支撑，在天地之间让岁月激情澎湃；注定要有一种信仰作为灯盏，在人生的旅途之上照亮前程。

生命如此短暂，却又如此辉煌，就像一颗耀眼的流星。

百丈漈瀑布啊，在生命前进的道路上，我要一直追随你的身影。

如梦如幻，把梦幻搬进现实，百丈漈瀑布，正是将太阳的丝线织成的彩虹，悬挂在山水的胸前，要什么样的大笔，才能画出你飞流直下的气势？要什么样的乐队，才能演奏出你震耳欲聋的乐章？

你的胸怀有多大，这一片片的水域可以作答；你的景色有多美，倒映在水里的心不说话。

唯有这雪白的赞叹，日夜不停地哗啦着自己的掌声。

百丈漈瀑布啊，横看你时，你是一行行平平仄仄的诗句，纵看你时，你是一幅惊世骇俗的动态画。

文成二章

◎莫　独

红枫古道

如此绚烂，一把把，被秋天大大方方地泼撒在文成的山山岭岭上，洇染、漫溢、铺排……整个画面主题鲜明，色彩浓重，连那群归鸟都被映红了，除了几块斑驳的林阴和三两段隐隐约约的林间小道。

从乡村而来，回到乡村而去。

每一条道，都来自古老的故事，甚至传说，来自村村寨寨不老的乡情，和祖传的血缘，不慌不忙在一年红似一年的枫林里迂回、穿越，越走越年轻。

一路上，每一片叶子，里里外外都被秋天热情地疼爱、照料。

秋天显得那么骄傲，在文成的山上，以枫林为象征，红红火火，昂首挺胸，让红枫古道至今名副其实。

百丈飞瀑

像一帘银幕，打开在岁月的眼眸前，打开在文成的名字上。大自然清秀的一副面容，如此高洁，播放着生命的尊贵与崇高，洁净和纯粹。

歌唱的一生，难免有一些演出，低到低音的底下，沉闷，喑哑，不动声色。

而记忆毕竟会翻过去。今生，你是为水而活的，命运的绝壁，铺垫起精彩的跳台，平静的水纵身一跳，虚空的激情，推出这幕百丈飞瀑，每一滴水，都听到了自己的欢呼。

向低处走动，往高处歌唱。借道百丈漈，水，践行着自己简朴的理念。

红叶情（外一首）

◎李建永

那对儿情侣
从层林尽染的红枫古道走来
脸上的红霞映着落日的余晖
仿佛一瞬间
小鸟在枝头驻足
太阳停下了脚步

而水中的鸳鸯
正羞答答地相互嘱咐
轻点儿
轻点儿
别惊了他们的倾诉

醉美飞云湖

在这里
云慢下来了
岁月慢下来了

红尘悄然远去
喧嚣早已逃离

梦中的天使
摇万家灯火
醉一湖星波

铜铃山素描（外一首）

◎彭俐辉

铜铃不铃，悬崖立在天边
悄无声息的铃声
回荡在崇山峻岭，峰峦叠翠间
似浓重的笔墨，浸润厚迭的宣纸

流水成韵，阔叶斑斓，修竹茂盛
淡然描摹的画中
蝴蝶翩跹，野花独酌，瑶池剔透
纯天然氧风，沐浴着一草一木

瀑布连着瀑布，碧潭叠积着碧潭
高山流水觅知音
一气呵成的写意里
水任性，烟如织，芳草恋寂寞

栈道纵横，曲曲弯弯，成桥成径
时而通往惊险，云波诡谲
时而抵达独放的清香
沟壑再不沟，深谷再不深，峭壁伸手可触

壶穴静在山间和谷壁，依次排列
似酒坛，似天井，似水缸

碧玉翡翠般的镶嵌，如画点睛
一座山因此而鲜活而灿美

精致苍翠的峡谷中
琼浆玉液在奔泻
带着五彩折射，珍禽之影
声如青燕低语，如浪涛拍岸

铜铃不响，青山自鸣
空灵和仙风弥漫其间
一山的瀑布垂帘
如画轴倾泻而下，自由舒展

在飞云湖看水

飞云江撞击珊溪
澈流迎头激扬明水
烟云前面是朦朦雾岚
浩淼左右是波光粼粼

我看到的飞云湖
一时雪浪云涛，一时平滑如镜
所谓水色一天
十里画廊，自然织锦

一湖的金花银叶，熏染了对应的天空
水拐弯抹角，却不离其宗
就为突出岛屿和云虹
白鹭翻飞，悄无声息

只为迤水而远
水凝滑而不稠，游船剪辑，任意弧线
更远的水波上
树木隐约，秀竹绵绵，村落倒映
我扔进去的目光
像一串水漂，怎么跳，怎么都是起落的音符

鱼虾紧随，水往四处流泄
流向幽洞，雄峰，奇潭
像是在诉说一种静美，又像是脉脉盈动
——身姿婆娑，潋滟生辉

一步一湾，水绕山行
水击岸边芦苇，呓语低喃
湾中是乌岩岭，林海，传说悠悠的白鹤峡
水牵引着我，我的眼里是层层涟漪，屏风道道

铜铃山拾遗（外三首）

◎陶文芳

欲知山中事，须问打柴人
赶赴传说中的铜铃山
你就得把一颗雀跃的心
毫不犹豫地交给
万年奔流不息的山泉

跟着晶莹剔透的山泉
一起悠闲地逛逛壶穴
一起勇敢地跳跳龙潭
一起快乐地唱唱山歌
你的心才能真正地领略
铜铃山的神奇和魅力

知之者不如好知者
你只有亲自探问过
才会知道铜铃山的秘密
一个个玲珑整洁的壶穴
那是山泉连锁经营
万年的玉石老店
一个个碧玉装修的豪华龙潭
原来是水族的玉石展览厅

铜铃识山泉，投缘话语长
其实，每个人身上
都有一座山和一条河
当你以清流洗濯自己的心眼
就会发现人生的奥秘
——境由心造，玉由心生
而你自己就是这世间
最亮丽的一道风景
最璀璨的一颗玉石

情寄古道红枫

红枫，红枫
一滴滴，一坛坛
古道邀请母亲特酿的女儿红
香飘云里雾外，名扬千家万户
饮一滴，母爱浓浓，你会醉
喝一坛，母爱深深，醉成仙

红枫，红枫
一句句，一对对
古道恳请秋姑撰写的喜庆联
书得轰轰烈烈，写得潇潇洒洒
有缘人，念半句，赠你幸福和安康
有心人，读一句，送你吉祥和如意

红枫，红枫
一张张，一叠叠
古道诚聘岁月精制的金名片
镶着白云，嵌着蓝天

积着阳光，累着温暖
递出的是——诗情和画意
分发的是——一生的鸿运
呵呵，人生要知足常乐
收藏一张就好，因为
你拥有的是一片诗意的天空

红枫，红枫
越喊越红，越叫越亲
还你一个儿女身
你是古道待嫁的新娘
红光照耀的山川大地
那是你呕心沥血置办的嫁妆
红彩映红的江南水乡
那是你用一片丹心换来的梦

深深地祝福你
一路走俏，一路走红
灿烂红颜一瞬间盖过
烂漫千年的二月花

亲亲我的飞云湖

辽阔的飞云湖
碧水悠悠
多像青青的草原
朵朵白云投入到她的怀抱
又多像温柔的羊群
此刻，谁不想放牧
甚至愿做一辈子的牧羊人

空气一尘不染
白鹭自由飞翔
仔细瞧瞧
多么像诗行
写在澄澈的湖面之上
此刻，谁不想吟诵
甚至想当一辈子的朗诵家

家园变得葱茏
四季瓜果飘香
门楣挂上了幸福
鸟儿成了信徒
每天都前来放声歌唱
此刻，谁不想马上洗礼
走进圣洁的天堂
聆听永远的福音

亲亲我的飞云湖
做湖边的一株草
我喜欢
做湖中的一尾鱼
我乐意
做湖底的一颗小石子
哦，那真是我的梦寐所求

百丈祭瀑布速写

眼见为实，耳听为虚
205米，绝对是华夏大地

最长的最壮观的经卷

序言，雷霆万钧，呼风唤雨
开篇，传奇人物，经天纬地
歌颂，伯温故里，山水乐园
转而，三生万物，包罗万象
记载，山明水秀，鸟语花香
摘录，万丈霞光，七彩长虹
点赞，世外桃源，洪福齐天
……

山川拜托日月星辰印刷的经卷
不停息地滚动——四季变换
年年岁岁，推陈出新
可惜，我来去匆匆
也只能草草读完三章

刘基，万古芳华

◎曾　辉

一把逍遥扇
指点江山的火炬
光灿熊熊燃烧
大明的天下
没有你的神机妙算
又怎能决胜先机

在凶险的鄱阳湖水战中
你审时度势从容不迫
一个果敢的掩护救太祖于危难
谋士的忠勇与敏识
彰显得淋漓尽致
澎湃如大明王朝初奠的大江

江水月色澄明
江中短兵厮杀
遥想公瑾年青的豪气
你与之比有何逊色
遥思张良的足智多谋
你与之比有何短缺
烽火历史是时势与英雄
复杂的混合体

民心呼唤你这位救民的大英雄
辅佐王业成就了你的人生之志
你身怀魏征诸葛孔明之才
才闻天下万古流芳

你是顺应天道的民族伟人
血液中流淌着报国爱民的精神
人们对你崇拜不已
我在想着天上的某个星宿
是你神奇的化身
一直护佑天下人间的太平

铜铃山（组章）

◎一　度

登铜铃山

远山空旷，我念着一个人
带着她的名字
上山，下山，沿途奔跑
差点把自己丢了
可那个名字还在
她顺理成章的，长在我的身上

山中半日，洗心洗面
新的鸟鸣又开始了
新的落叶、新的苦荞
为什么，我看到的一切还是崭新的？
崭新的秩序
重回枝头，阳光依然刺眼
我终于找到那座小庙
风声后，木梁发出咯吱的声响
孤灯，似剔骨刀
悬于半空，我难以说出我的隐疾
就像茅草深处，秋天始终不发一言

献诗铜铃山

在这里，河流可以被称作天空
原野被称为辽阔
花被直接翻译为躺下的美人

在这里，牛羊可以是静止的
大雁可以是静止的
而泥土是奔跑的，水草是奔跑的

“过度的修饰等于掩饰”
每个人的心里，都藏着一座铜铃山
每片白云，都是一丝禅意

卧狮岩

从山水获得的，是无限的辽阔
我听过的石头呢，都会唱歌

一块石头的轮廓下，居然能藏着
一个人的前半生。背阴处
一群年轻的男孩，在谈他们的辽阔

只有云海的静寂里，我才愿意
说出一个中年男人的孤独
说出一个男人类似失去家园的悲伤

文成用碧水悬壶济世

◎王爱民

1

文成县有谥号文成的刘文成、文成公
有一统天下的阳光力透纸背
有神机妙算、运筹帷幄的洞明
把脚步慢下来，诚意有必修课
你用阳光细密的针脚，缝补破旧的山河
在一张奏折上行风化雨
从火中取出雷鸣闪电，上下五千年在此拐弯

功业既成，从来处来，到去处去
南田镇武阳村的花树曾经寂寞
自开自落了多少年，而今你来，它为你开
为你的心开，为你的等待开
群山也比从前好看
像一位开国元勋翻开的一册册书卷

2

飞云江在上游飞花溅玉，云飞扬
飞奔出个带福字的文成

飞云江要读出诗词深处的百啭千鸣
读出飞瀑叠泉九曲十八转的跌宕之声
读出三千里的风烟俱净
飞云湖有飞瀑，飞到中国最高
铜铃山的壶穴碧潭，用碧水悬壶济世
在中上游，踏进同一条河流
捉放一群文字的蝌蚪
就看见了上下五千年的江水，提顿之间
上了白云

3

时光深处
畲族的史书长卷，亮起神喻的光芒
身藏无数山歌和火种，旧了又新
穿五彩衣的畲族人
把山歌唱到山顶，唱到天上
又从锣鼓和竹笛回到地面
山峰，也亮开陡峭的歌喉
星星是大山关不住的红杏

4

百丈漈挂在高山之巅
多少银锦，在九天山的山腰上飘着
像母亲挥动的手
折叠着三起三落，折叠着九天银河
折叠着照我还的明月
开始是一条瀑布喊

之后是一条瀑布领唱更多的瀑布
最后，山也唱，云也唱
他们携带的风也唱
风一吹，音色闪闪发光
一道道瀑布拐过山脚入了凡尘
回到流水深处的家

5

在文成的袅袅仙境里
铜铃山、飞云湖、红枫古道、峡谷景廊是神仙
龙麒源、猴王谷、月老山是神仙
飞瀑百丈、折叠山坑三瀑，石林飞瀑是神仙
一眼眼清潭连波是神仙
它们头上的云是神仙，它们云里的梦更是神仙
把一杯杯端平，举高的从低处敬起
这一次瀑布直接拍到悬崖上，青山直接回到水里
指头捻动玄机，睡下的人成为石碑
泪水哗哗挥落，神机妙算像一道闪电

6

行云流水到此拐弯，远山做了近山的回声
文成是透明的叶子高高长在了东南的大地上
翻阅一段瀑雄、峰奇、湖秀、潭丽的水墨时光
悄悄进入，别惊动山水深处的机巧
让梦慢下来，矮下身子，忍住不说
像一个要等来的人，一段毫无准备的情节
泪水在水里很亮，月光敲窗

嘘，手指刚逼退了三千里寒凉

7

风吹水响有悦耳的铜铃之声
铜铃峡，窄处仅容走马
宽时过百万雄师，曲折迅即如冲锋曲
在红枫古道，踯躅三日恋恋不舍把枫叶看红
洗净了十万朵山花，洗净了三百里青山
洗净了心肺里的三千凡尘
洗净了画里人家的仙风道骨
向远处蔓延的茂林修竹和山花野藤
也是文成的另一条河流

8

爱山水的人，眼中的惊喜一亮
光用奇山奇水奇人写还不够
还要用云雾深处千年的修炼
飞云湖、山顶秀湖一样的各种秀水写
山是琴台，把流水弹成了弦外知音
一把流水的画笔，把文成写活写亮
一声悠远的鸟鸣，是画上的留白
从一山到另一山，从此岸到彼岸
我仔仔细细反反复复地爱一遍
文成是适于大声朗读的山水课
最终穿过我的身体，成为另一个自己
江山葱茏，最终回归天籁。

石　林（外三首）

◎徐　庶

一群从水中奔腾而出的大象、狮子、老虎
和骑着时间赛跑的千年龟
开口说话了

它们有些许不堪，些许私情
都被晾在树荫下
我似乎看到有些闺守半生的石头
为等待一次心动，冰心守残
似乎我还听到，它们一些不为人说的人话

这些被岁月打磨的姿势，被叫做艺术
停顿在瞻仰者的额头
有的屈膝，有的弓腰，有的笑容可掬

高　处

正午，是时间的高处
我坐在铜铃山上
被一阵凉风举在眉目的高处

从拥挤的众生抽出我的另一片
是红尘的高处

看山下车辆爬来爬去为什么
人像虫子走来走去
为什么

低头的事物，倒影都高出一截

百丈漈瀑布

在南方，有许多西子一样安静的河
她们把相思拧成一条条
比雨线还柔软的柳枝，轻轻地放纵
江南大地就绽开了大大小小的
流水人家

铜铃一样清脆的山
铜铃一样明净的水
系在一串串铃铛上
这里的河，可围山，圈石
享尽人间一切冰清玉洁

人在山间游，草在风中行
一不小心，便惊醒了那些怀春的河
站起来的河流是百丈漈瀑布
站起来的瀑布在人间挥手

登　山

树木落霞水牛都站在铜铃山巅

这些都是让我一直仰望的理由

登山，石头会绕道，溪水也会转弯
被山牵着，我和一头只顾吃草不认路的水牛
没什么两样

有没有，比山站得更高的山
有没有，比风走得更远的风

——我们仍倾其一生孜孜不倦

铜铃山抒怀（外一首）

◎陶雪亮

铜铃山，半天高
游步道如羊肠
在无尽的林木、溪瀑间
消失又出现

驻足山间，听清风流水对语
苍苍翠微，守口如瓶
除了我，少有人知
那些即将来临的盛放和凋零

都说风光在险峰
跋涉人间大半辈——
其实更多时候，风光在沿途
险峰上，只剩一片白茫茫……

百丈漈素描

一波三折。轰鸣声
藏起，谜一样的源头

粉身碎骨的决绝里
仍有从容

仿佛时光绵延
仿佛，有用不完的水

它就那么赤裸裸
将我走过的路，挂在悬崖上

诗歌两首

◎熊　芳

百丈漈瀑布

在百丈漈，我看到了李白的诗
白发三千丈
这是铜铃山的白发
让我转眼老去
但山还在，水还在
我身上长出青苔，开出野花
所谓前生后世，不过是四季轮回
万事皆空，活着就不空
这神来之水
给我义无反顾的勇气
面对余生

奇人刘伯温

他看星星
但不抒情，也不怀古
只看谁是帝王，谁是文曲星
掐指一算，狼烟四起
城头又换大王旗

他骑着青牛去采青芝
一直骑到了天上

朱元璋在新修的皇宫里得意得手舞足蹈
被一个木匠的一声咳嗽
惊得面红耳赤
他要木匠装聋作哑，逃过一劫
装聋作哑也可保命
青山依旧，绿水长流
神机妙算刘伯温
如今只是布衣写诗人

一个人的文成（组诗）

◎沈　健

序诗：一株移民到文成的毛竹

移步换景，一株安吉的毛竹

于文成的山水中留连，于文成的绿里忘返
沉迷，沉醉，沉没……然后，在文成

重新投胎成一支雨后春笋，拔地而出冲天
而起，深深地爱上叫文成的美女并把幻美的爱
的绿旗一节节升高，招展——让世界眼睛看见

恢复石头的身份记

去铜铃山中
恢复石头的身份

只做铜铃山中
小山溪里水中的石头

籍籍无名无所谓
只做小山溪里幸福的石头

铜铃山：一声明朝的鸟鸣

在铜铃山中
一声明朝的鸟鸣
啄痛我今天的耳膜

抬头向天，西望东张
没有看见那只鸟，和鸟的影子

就想象了一双硕大的翅膀——正噗噜噜飞过头顶

飞云湖：做那颗星星的引路人

飞云湖，素面朝天
痴痴地仰望满天繁星

她应该是在期盼其中的
一颗，快一点来点燃亲吻的火焰

我安安静静坐在一旁，点燃一根烟
想悄悄用一点点微光，做那颗星星的引路人

百丈漈：美人的长发无风而动

美人飘逸的长发
无风而动

忍不住伸出目光的手抚摸，暗地里
还用心，为她仔细梳头

天地之间一个大美人
她将身体隐身

刘伯温：我骑一头老水牛来看你

骑一头老水牛，慢慢来看你
或换一匹千里马，赶路来看你

要赶600多年的路来看你
后来想想，算了吧慢就慢一点吧

我不过是想来看看你的预言，有没有随身
携带，我要用一面镜子好好照一照今天和明天

飞云湖：融化了一条独木舟

云在水上，轻飞曼舞
一条独木舟，驶向
心中的仙境

水里有山，山上有水，独木舟
似乎已融化在飞云湖
迷蒙的水雾水光里

廊桥遐想（外二首）

◎朱米天

你是一幅图画
挂在泗水溪上
如同彩虹飞悬
恰似花轿腾空
又像那天堂移来的婚房
你是一个故事
流传在乡土民间
关于那个瓦工那个木匠
关于那个乡绅那个县衙
还有那对被棒打的鸳鸯

你是上天的一个梦
不只是为了涉水渡河
你是先贤的一首歌
唱的是天地人和的大铿锵

亦渡水亦休憩
亦邀游亦贸商
端的是一方热土的中枢
引来了四隅八面的守望

你是历史的走廊

从这里可以寻觅祖先的风光
你是艺术的画廊
匾额壁龛展示着当年的辉煌

岁月流逝山川易貌
山不再高，水不再漾
不见了凌虚千尺的态势
不见了长虹挂霄的气象

古樟步矴石道
微信摄影录像
穿越千年的风景啊
留下这一帘幽梦的遐想……

刘基庙观瞻

伯温的家庙
兀立的华表
它那春风里的模样
容下多少遐想
匆匆一瞥
就涌起平平仄仄的韵脚

洪武的严酷
帝师的筹谋
大明将士染血的战袍
演化出山岩的肌理
沉积为民心的块垒
一个廉字

勒出思想的线条
粗粗的
灼灼的
在今天的眼中烧

伯温的家庙
幡旗在春风里飘
一把油伞一袭布衣
心有多高
路就能走多遥
于是
一滴乡间的翰墨洇染了大明江山
一个景仰的楷模展示了书生怀抱

致百丈漈

卸下峰峦的负担和
深谷里琐碎的唠叨
你
从高山平台溢出
画就一帘锦绣
出落成三段妖娆
在时光的阶梯上流淌
在这一方狭窄的山谷中
拨弄着诱人的风骚

一漈雄
雄姿焕发
壶口崩裂

铁骑呼啸
原本平静的山水
抛洒漫天的梨花儿飘

二漈奇
奇思妙想
迂回跳跃
蓄势待发
功成名就的荣誉
再作极致的逍遥

三漈幽
幽然一笑
回眸身后
慷慨无憾
那高耸的崖口
已是远去的歌谣

你藏在南方隐秘的温柔中
岁月养成你一咏三叹的美妙
在历史的季节里
我深深地欣赏你
欣赏你一千年的歌吟
八百年的舞蹈

谁爱意迷离
捧你为中华第一高瀑
这不符你一贯的低调
北有壶口的雄浑南有黄果的丰饶
东有香炉的袅绕西有石门的俊俏

泱泱神州千百大瀑
你绝不会堪称第一自负甚高
你静静地卧在苍南山中
从不标榜也从未埋没
那与生俱来的咆哮
是你勤奋执着的性格写照

你悬挂在那里
是大自然的一种姿态仪表
是造物主的一幅风景素描
相遇了你
心底便涌起春潮
伸手撩起你的晶莹
生活的温度——
正好

铜铃山水谣

◎张　威

1

清凉。从铜铃山峡的树梢开始。

山的话语，站在绿里。一抹绿，站在山里。绿袈裟，褶皱里的每一处起伏，构建一座，葱茏的绿篱。

石壁上的苍苔，是虚置的休止符，绿色的梦，在云雾缥缈的背景里，兜售绿的风情。

隐身。鲜艳的纯粹。游离出更多，连绵的绿……

描摹，万物的指纹。一条幽径暗合虚拟，拿走生活的粗粝。

高高低低的石阶，是铜铃山通天的路径。

2

峡谷，有奔放的线条。

石头坚硬，河流平铺直叙。溪流下的石头，被掏空或磨圆，它们光滑，造型别致。

安静的石头，凹凸不平。放大的表面，融入，亿万年前的呼吸。内部激荡的构造，许多消失的纹理，被流水继续冲刷，不肯痊愈的伤痕，借助涧流，装满，水声汩汩。

涧水流，偃卧其中的青石。供出深邃，不可追溯的渊薮。细微处的苍茫，为世间留下，粗粝的柔情。

一泓水，旋冲壶穴。

3

旷野神秘，保持绝壁，棱角分明的个性。

陡峭。空白处，飞天的水袖，绷在崖壁上的命运，有落差的高度。

倒退雾气，填满被腾空的身体。

渴望，被温润包容。流水之外，抒情的人，从春天的低语里，分辨荡气回肠的诗意。

山野有万物应和之声。琴弦里提着的长调，有反弹琵琶的灵动。一串清越的铃音，响在山野之外。

引人，激情的片断。悬空的轨迹，通过律动，证明跌宕的欢歌，值得期待。淙淙而过流水，可以令彼时的你，畅饮不已。

百丈漈，缀一串串欢声，大声歌唱。

4

山，阳刚。水，阴柔。秘藏在你的心里。

一座山，给予虚幻之途。在岁月有斑驳的额头，给予可摸索的翠绿。沉寂的水声，它有静谧的归途。

小瑶池，是一面明镜，它有仙境一样的心事。在有深度的水里，用漫山的白云清风，山花烂漫，酿就一个，我抱得动的酒坛。

水，为山而生；山，为水而活。飞云湖，专治人间烟火你的世俗之气。

重回春山。神秘峡谷景廊，它们是我提笔书写，一池碧水的缘由。

在茶香中，泼墨龙麒源，山水的诗意。

5

眉梢，端坐秋天。

石路狭窄。翻转的梦境，进入秋风渲染的古道。

枫叶映红静谧的山峦。一个远去的背影，草芥有丛生的风骨，藏在山水的隐秘处。

擦肩而过的眼神，给迎面而来的你，一小段古老的传奇。在古道，我剖出石头内的人间沧桑，把铜铃寨当成自己的理想国，直到青苔，爬满古径。

红枫古道，我沉湎其中，把一山红叶背回。

秋风起。在文成，忘机江湖。

铜铃山遐想

◎詹黎平

1

到过一些山
大都像禅者沉默不语
但
会有巨大的阴影笼罩下来
覆盖你的影子
会有山呼
万岁
林啸厉如山风
忽而穿过单薄孱弱的身体
一阵气流似的震颤
洗劫你的骨髓
此时，铜铃声响
偷换了
人间

2

铜铃山不是牛头山
铜铃山不是马鞍山

铜铃山不是猪栏山
铜铃山的山魂是凛冽的空气
铜铃山的水魄是雄壮的百丈漈
你把耳朵紧贴在铜铃山的石岩上
你想听出三叶草的气味
你想听出虎斑蝶的喟叹
你想听出刘伯温的韬略
但
铜铃山啊只刮起过一阵山风
作为回答
啊……啊……啊……

3

有的山险峻
有的山平缓
有的山陡峭
但
有一点必须相同
要绵延，要跌宕，要起伏
否则就像狗熊
否则就像虫豸
否则就沦落为绿林
而铜铃一闪
悬崖壁立
沟壑万丈

4

有些词必须要在铜铃山
才能相遇
有些想法必须要在铜铃山
才能实现
有些际遇必须要在铜铃山
才能体验

这里有岁月之壶
包含日月乾坤
这里有腾挪之道
暗合盈虚荣辱
这里有飞龙在天
应证山峰浩荡

5

山中一日
世间百年
你从山下爬到山上
你从山谷登上山峰
你感叹山的雄伟出自一石一木的累积
你敬佩山的默然囊括人间所有不事声张的隐忍

在文成的铜铃山绝壁
在铜铃山百丈漈瀑下
在百丈漈瀑下的栈道

你让大山收编了你的灵魂
你把自己扔进时间的深渊
你如此破碎、嶙峋而完整

我梦中的飞云湖

◎周冬梅

我梦中的飞云湖，如故乡的一颗种子
住在我心里，生根，发芽，开
思念的花

——题记

1

不知道是谁，把一幅画丢在这里
这画，是青山绿水，如水墨，明显大手笔
这山水，是时间酿制的酒，使方言染上了
爱恨情仇。谁能用一把竖琴
弹动这两岸风流

湖光，依然是最美的镜子
她所能折射的，有天空的空，大地的大
红花的红，甚至小草的朴实，以及鸟儿
呐喊的真

2

我姹紫嫣红的想念

在一片蛙声中，打开。一米阳光，用滑落
表白着盛夏的翠绿。目光开始清澈
一朵白莲穿却千年的尘世浮华，开在
唐诗宋词里。那些蒹葭苍苍的诗句
被采莲女摘下，然后从笑声中漏下个
一字半句。谁捡得起

3

我是一尾游动在你梦境中的鱼，隐身在水藻丛中
用半生不熟的青春，仰望你干净透明的爱情
满湖的水，是喜乐的流淌。我是一朵开在你岸边的
野花，看一只蝴蝶飞成枯叶，看一朵扶桑转念成菊
我只想每夜，随月光出入，把香注入香里，眼神干净
绝不迷离

4

你的内心足够强大，任成群的白鹤，想怎么飞
就怎么飞。要相信，内心拥有湖泊的人，会得到
柳的垂青。如果，有哪一只船划破青龙湖的颜面，青龙湖
愿意把宁静和辽阔交给他，就好像一只饱受爱情煎熬的蚌
将柔弱的内心交给，懂得珍珠秘密的人

5

湖水尚未爬上岸，水鸟的翅膀划破宁静，隐藏的芦苇
开始蠢蠢欲动。我突然静止的血液，在这山野间

和时光一起奔流。我原以为，这湖水是没有尽头的，
但一朵山花挡住了去路，用一句声声慢，止住了思念的伤口
我得停下来，听听花开的声音。我还得忠实于我内心的
湖泊，该拐弯时要拐弯，不要为一些往事，过多地停留

6

站在八月的边缘，推开松动的时间，我在夏天之外
守望。飞云湖，绿得干脆，绿得彻底，使一个人的内心
有了一块玉的重量和质地。我不再抱怨泥泞的生活
不再计较阳光的偏心，就好像飞云湖从不嫌弃曲折
就像山路总是热爱倾斜，就像原始的绿
可以穿透邪恶、黑暗，让一盏盏心灯慢慢地开放

7

瘦了，又瘦了。飞云湖一路瘦下去，瘦在一首诗里。本来，应该绿肥
红瘦，可你，瘦在红里。你含情脉脉的绿，你饱胀的情感
是不是被西风抽走，被雁字抽走
被历史抽走

8

把一滴水融入另一滴水，把一朵浪花开进另一朵浪花
我知道，你在创造，在重生，在轰轰烈烈地相恋
凤凰涅槃的爱呼之欲出，你对唐代的美女起誓
“爱，长生不老，青青城池，水神秘而纠结”
谁醉，谁清醒？谁能保证涉水三千，只取一瓢饮

云湖的黄昏

◎赵增垠

一片落日浸润天地之间
合天盖地
如沏香茶品茉莉含苞

漫山遍野的绿从一个杯子流进
另一个杯子
大杯子小杯子杯子里的杯子
母亲孕育着鱼群的唇和儿女

星空的树脂缓缓流下脸颊
很多年后我手摸琥珀色的玻璃
仰望无限
孩子气地敲打巨大的空旷

动的鸟静的树软的云硬的山
这些眼珠子在天上地上转动
内涵从一对眼睛传入另一对
默契如双手或拉链

我打量巨大的空灵
像孩子目送天空在大地静谧远行

文成风景诗（组诗）

◎周洪明

铜铃山

浩浩荡荡的翠绿
神似铜铃那巨崖，脉搏
波涛拍岸。铜铃峡、小瑶池
铜铃寨、原始丛林、胜川桃溪
形似张开五指，落地生辉
林茂谷幽穴奇湖秀这四件时装
增色七分。S形山峡如肠
奔放激越璀璨，十二埕装满清酿
浅尝辄醉。悬空栈桥人影时隐时现
与瀑沫共舞相融，终至无痕
而漫山遍野，回荡起清冽的铃声

百丈漈瀑布

一个文武双全的绝尘英雄
上耸天堂，下入地狱
呼风唤雨，冬雷夏雪
正多情少年，观龙女梳妆
断臂示爱，终风化成石

前知五百年，后知五百年
刘伯温，帮助朱元璋中国统一
天高，地深，水阔
一步一个台阶，成就千古大业
涧流瀑液如练自得其乐
沿管壁尽情沸腾

飞云湖

酣睡在飞云江的中腹
背靠乌岩岭，左臂倚石垟林海
青树墨泼似的发，湖水善睐的眼眸
明镜里圆润挺拔的乳峰
小鸟是你的信使，跳跃迎宾舞蹈
唧唧、唧唧，前后左右跃出水面
的鱼白亮，啪啪、啪啪，自然是
仙女们按捺不住的心跳
葫芦岛上笛声悠扬，七星岛内
繁星成河。满空的飞雨
纷纷扬扬，是宙斯抛洒的心光

红枫古道

山道如脉，红枫如血
牵牵连连缠缠绵绵成网成球
寄托多情人千古幽思
离愁胜火，相思似炙
一部中华文化史，陈列
在浙南文成，激起千堆雪

霜叶与秋絮翻飞，古道
与红枫相映。沧桑，寂寞
却热烈，浪漫，批批信男善女
骑马踏路而来，蹄声嗒嗒
正用心续写情诗新三百

龙麒源

泉水来缘于森林
森林诞生于阳光
而你是源泉，文成的母亲
慈蔼，宽厚，无私，深邃
峭壁森森，峡谷幽幽
溪水清澈，千丈见底
游鱼往来嬉忽，花飞蝶舞
阴阳三叠天际西天屏，瀑瀑悬飞
青龙金牛猪狮白龙，潭潭潋滟
传奇故事般的畲乡梦境
你的存在本身就是缕缕阳光

飞云湖里的云

湖里的云，是雨库，是水中水
被看不见的手打开闸门
由下而上，倒悬着泻入流程

山泊进云影，如蚌含珠
潜在水底不知痛痒地磨蹭
也不知谁能把谁，磨成跃出水面的精品

上刻的那些水纹云纹
像日子般随意，也像日子
那么磕碰着不对称

在水边直起腰身，我只想
亮开嗓子喊破辽阔里的隐忍
让云升出水面为帆
引我渡过背井离乡的孤单

感受铜铃山（散文诗）

◎郑名富

1

“浙江山水中国美，浙东浙南堪称最；文成县里铜铃山，浙南风光响四方……”

当我走进这座铜铃山，我才真正地弄懂了这首歌谣的意思，并对它的创作者产生了佩服，心里说，这儿确实是顶呱呱呀，它受到人们的称赞，是完全应该的，半点儿儿也不“虚无”！

2

铜铃山就在文成县城以西的40公里处，它的面积宏博，有2725公顷，这是一处国家5A级的森林公园。

凡是能“够”得上国家5A级的，可想而知，那都是很有“看头”的，铜铃山就是属于一座很有“看头”的山。

它的四周都是崇山峻岭，一座挨一座的山，气势峥嵘，起起伏伏，迭迭宕宕，就像草恬淡地躺卧于这“山群”的怀抱之中，就犹如婴儿睡在摇篮里一样。

这是一座原生态的山，是大自然一块最纯净的“处女地”。它的森林覆盖率达98.1%以上，可以说是满山都是树，且葳蕤茂密得很；人走在林中，连天上的太阳都难于瞅见，地上、空中全是一派绿，而且是一派汪洋恣肆的“大绿”——这是在别的地方很少看到的，只有这里才有，甚为“奇”。

3

铜铃山除了森林以外，这里的鸟儿也很多，一天到晚，百鸟啁啾，就像在开音乐会；再则，野花也很爽盛，几乎什么样的花卉都有，可以说这里是“野花的世界”，满山姹紫嫣红，芳苾流淌，让人一闻，能心地沉醉。

因森林密布、自然生态环境良好，所以这里栖息的野生动物也不少，有20多个种类。你行走在山中，到处都可以目睹到它们的身影，这些动物有的在树枝上窜动，有的在林间游荡，有的在草丛中鸣叫。

铜铃山就像一个巨大的“博物馆”，其包含的内容很丰富，这里有悬崖、峭壁，有巉岩、溶洞，有深峪、幽径，它们东西南北，四处分布，你每走那么一个七八十米或者百把米，几乎就可以见到一个或者一处。

4

所有的名山胜水，不管是中国的，还是外国的，几乎都有它们最“叫绝”的地方，这就像一部戏一样，不可能没有“戏眼”。铜铃山最叫绝的，简单地讲，那就是瀑布和栈道。

在铜铃山内，有一条峡谷，一个个宛如石盆般的水潭，排列而下，有的坐落在谷涧，有的镶嵌于谷壁，有的像酒坛，有的似浅井，有的浑圆光滑，有的穴连着穴，密不可分。潭穴里都蓄聚着水，水清湑湑的，犹如碧玉。这玉液琼浆般的瀑布，由高而低，经上一个潭穴，而流入下一个潭穴，奔腾冲泻，哗哗啦啦，十分有趣。它被称为“壶穴奇观，华夏一绝”，这是我国著名的风景专家、北京大学教授谢凝教授赐给它的。

在这些壶穴旁，架设着一条条的栈道，这些栈道是为游人观景用的。山中架设的栈道总长达500多米，就像一根根带子，系着悬崖峭壁。这些栈道，随着那些壶穴，在山谷里一会儿上，一会儿下，悠悠荡荡，纡曲盘绕，很是令人生情。

5

铜铃山一派碧绿，一派苍黛，一派纯净，一派透明。这里没有什么污染，这里没有什么惊扰，这里没有什么喧嚣。除了瀑布、鸟儿和动物的声响外，一切都很安谧恬淡。

在这里，一切自然的东西，都可以无拘无束地生长，都可以自由自在地活动，谁也不会对它们造成危害，谁也不会给它们带来戕损。这里是一个自由的王国，这里是一个极乐的世界。

铜铃山，像“变色镜”一样，一年四季，春夏秋冬，每个时节，其景致都不相同，叫谁都发惊生怃，这就可见它的魅力非凡了。为什么有那么多的人来观看、来游玩？我想，这就是该问题的答案了。

这里，置身于“荒郊野外”，远离都市，就像一块碧玉，就像一块翡翠。其空气质量特优，据有关部门检测，每平方厘米，所含的负氧离子竟高达八千多个，是一些大都市的二十几倍，因此，它便被人们称为“天然的大氧吧”。

铜铃山，很适合你游玩，很适合你观景，很适合你消遣散心，很适合你养生怡日，很适合你消夏避暑，总之一句话，它的好处可谓多矣！

我到这座铜铃山来游玩，我细细地感受着这个“世外桃源”，它把我迷住了，而且是深深地迷住了，我已经不想离开这里了，真的！我说的是实话，丝毫也不诓你！

铜铃山

◎李江涛

地名文成
山水俱美
那一树树红叶红得静美绚烂
那山色湖光深邃幽蓝如一潭千年美酒
待秋日
阳光也凉了
红叶也落了

我们在林间，烧红叶煮美酒
是别一种醉

拂开百丈飞瀑
扫落红叶青苔
在石头上题诗
是别一种美
这是铜铃山

文成，一颗璀璨的明珠

◎张玉明

文成，浙江大地上一颗璀璨的明珠。以诗意的写实和留白占据了东南沿海所有的高度。

解开一个人的心结可能需要一生的付出。而解开文成的美丽，只需轻轻推开一扇门。

推开一扇彩云之门，那些从天空呼呼闪落的阳光，跳动爱人的体温，恰到好处，点亮一个人的眼神。

风声，在这里抖落四季的性格，总有一个怀抱，适合读出爱的含义。

雨声，在这里倾斜白天黑夜，总有一个音符拨动湿漉漉的心情，牵动隐世的决心。

越过铜铃山盘曲的身姿，我像一只青鸟一样缓慢地飞翔。怕，一不小心翅膀扇出的小旋风，就吹乱谁在这里精心编纂的千年历史。而舞台上，我又该如何称谓前朝的你？

如果让我选择以什么样的方式存活于世界，我一定向百丈漈的瀑布学习，在高山峡谷间以温柔的韧性闯出一条通天大道。

懂得站立和奔跑的人，必将拥有质感的人生。

而历经600多年风雨揉洗的刘基庙，沧桑的骨骼越发明亮、硬朗。我仿佛又看见一位智者在日子叠加中，仍守护一方水土的宁静。

来吧！我的朋友！张开双臂拥抱吧，热爱生命的灵魂！

像泥土拥抱根部一样，来自文成的纯洁不会拒绝任何一个陌生人的问候。

在大会岭行走或者站立

十月的最后一天，我在大会岭，穿行。

一个人的红山碧水，一个人的挺拔豪迈，江南的婉约柔情。

雨，说来就来。细细长长，一根，两根，无数根，像谁从云端抛出的钓线。

钓，人间掩藏的仙境。

那些从山坡上漫下来的红枫，仿佛一大波红色的海水。

我的眼眸、肉体、灵魂被反复淘洗。

在这千年的红枫古道上走或者站立。我像孩子一样，尽情地呼吸，氧吧的纯粹。倾听，自然脉动的声音。

渴望，一双翅膀的生长。让我穿透人间的梦幻。

我一直在回避枯萎、凋零对我的逼视。做一个避重就轻的人。

避开秋天对我的忧伤，轻轻靠近日出的方向。

以小我的窃喜抵达山顶的高度。

红枫古道第一岭。多么大气的词语。

当一座山或者路成为一种精神的符号，它才能承受得起众人的膜拜。

沿着或陡或缓的石阶，我看见满山的红枫，热情地对我说：

深埋于内心深处的幸福，只有大声地以火的方式喊出，才具有燃烧世界的温度。

于是，我一次又一次，融化在秋天的唇红里，忘记了所有的不幸。

我的飞云湖，我幸福的诗句

来到你的身旁，我必须丢弃一些人世的伪装。

天堂的澄净容不下欲望和勾心斗角。

这里每一滴水都拥有洗尽悲伤的能力，每一粒隐藏的盐都能结出世间最纯粹的白。

我的飞云湖，我幸福的诗句。

呢喃方言在这里道出了所有文成人的淳朴，清漫的月光浸透每一个有理想人的内心。

在阳光晴好的日子里，微风在你胸膛上奔跑的样子多像我快乐的童年。而身后紧跟着的涟漪会很快覆盖所有的来路，包括一次不小心的，跌伤。

跌伤。我知道你怀里的鱼，永远不会犯这样小小的错误。因为，它们懂得匍匐。

仁慈的上帝，绝不会亏待每一个感恩的灵魂。

面对你，我学会了真实。和镜子一样，清澈的画面让谎言无处可逃。

面对你，我学会了隐忍。内心强大的人，不在乎命运的磨难。一场暴风骤雨之后，生活的信念，渐涨渐高。

面对你，我学会了倾听。听出闪电和雷声撕裂夜空，迸出的火花，点燃余下的光阴。

舀一瓢你清冽的湖水饮下，饮下我的前世今生。

滴下的水滴弹出了一个行吟旅途的迷醉。

我的飞云湖，我的诗句。大风扬起的感情，让幸福在这里回旋，停顿。

月老山上，我悄悄地诉说爱情

一令春月盈了谁的酒杯。

一方瘦夜长了谁的思念。

月老山上，我悄悄地向心中的你，诉说爱情。我不想再次错过与你的心灵之约。

但，我还要策马多久才能抵达你的美丽？

哒哒的马蹄溅落漫天的星子，我将以一粒文字的形象出现在你的面前。

哪怕，音节缺失。我也会从裸露的肋骨中，抽出三根，做一把三弦，

为你弹奏最美的爱情。

一弦，回拨前世的相遇。

一弦，扣动今生的誓言。

一弦，洇开来世的黎明。曙光中，山谷里有迎亲的歌谣扶风而来。

美丽的姑娘，我们应该忘记烦恼，忘记忧愁。

甚至我们不需要奢华的宫殿，过剩的金钱。

三月三里，我们可以一起踏青，吃乌米饭，聆听畲族祖先的真言：

勤劳的人们只要有了双手和信仰，就能在山里，把自己扎根成一棵最粗壮的大树。

昨夜，第一场春雨打湿了你的脸颊。

我又在睡梦中听到乡亲们唱起了嘹亮的山歌。

你说，月老山在三月翻了个身，生命的绿就会跃上枝头。

于是，我在细软的春风中随便一拧，就拧出了满山的清香以及爱情的温度。

图书在版编目（C I P）数据

诗话文成 / 慕白主编. -- 武汉 : 长江文艺出版社，2018.1
ISBN 978-7-5702-0106-8

Ⅰ. ①诗… Ⅱ. ①慕… Ⅲ. ①诗集－中国－当代 Ⅳ. ①I227

中国版本图书馆 CIP 数据核字(2017)第 300087 号

策　划：大　卫
责任编辑：沉　河　胡　璇　　责任校对：陈　琪
装帧设计：大卫书装　　责任印制：邱　莉　王光兴

出版：长江出版传媒 | 长江文艺出版社
地址：武汉市雄楚大街 268 号　　邮编：430070
发行：长江文艺出版社
电话：027—87679360
http://www.cjlap.com
印刷：三河市宏顺兴印刷有限公司

开本：720 毫米×1020 毫米　1/16　印张：17.625　插页：2 页
版次：2018 年 1 月第 1 版　2018 年 1 月第 1 次印刷
行数：5734 行

定价：39.80 元